何かのためではない、特別なこと

失われた「大人の哲学」を求めて

平川克美

平凡社

何かのためではない、特別なこと

まえがき

本書は、平凡社の雑誌「こころ」に連載していたショートエッセイを中心にして、新聞や雑誌に発表したものをまとめたものです。ただ、いくつかの例外を除いては、ほとんど原形をとどめぬほどに、大幅に加筆修正をほどこしてあり、書き下ろしと言ってもいいようなものになっています。

出版のジャンルに、「文芸エッセイ」というのがあるそうで、最も売れない部類のジャンルなのだそうです。一方で、売れるジャンルは、お金儲けのノウハウ本やら、ダイエットの秘訣。要するに『お金持ちになるための七つの習慣』とか、『リバウンドなしで10kg痩せるハリウッド女優の秘訣』とか、まあそんなタイトルの本が売れるということらしいのです。

いずれにせよ、手軽に、最短で成果を得るための、秘訣を教えてくれるような本。何かのために、役に立つ本。

でも、わたしは、こういった営業的な観点から類推される意味での「売れる」本には、全く興味がないのです。

本書はタイトルからして「何かのためではない、特別なこと」について書かれた本なのです。映画だったり、町歩きだったり、ときには政治的な問題も取り扱っているわけですが、あえて分類するとすれば、おそらくは一番売れない「文芸エッセイ」というジャンルに属される本ということになるのでしょう。

繰り返しますが、本書は、一番売れないジャンルの本であり、なおかつ「何の役にも立たない」ことばかりを、選択的に取り上げて綴《つづ》った文章から成り立っています。そのような非売れ筋本を発刊してくれる出版社の度量の大きさに感謝したいと思います。

でも、大丈夫なんでしょうか。作者としてはいささか心配にはなります。

とはいえ、「何かのためではない、特別なこと」という、本書のタイトルにあらわれているように、わたしは、どうしても伝えておきたい大切なことを綴ったつもりです。それは同時に、売れ筋の本が持っている「即効性があり、有用で、刺激的なもの」「何かのために役に立つもの」ばかりを追い求めるようになってしまっている現代という時代に対する、ささやかな抵抗であり、批判でもあります。

わたしたちの存在が何かのためにあるのでないのと同様に、本当に重要なことは、何かのためにあるわけではないと、わたしは思っています。

父親の介護の経験を経て、わたしは、自分が自分のためだけに生きているわけではないことを、身をもって知ることとなりました。介護の最中、あれほど情熱をもって作っていた料理を、父が死んでからは全く作る気がしなくなったからです。ひとは、自分だけのためになんか、手間暇かけた料理を作ろうとはしないものなのですね。おなじように、ひとはいつも「何かのため」に生きているわけではありません。

ひとが、文章を書いたり、絵を描いたりするのは、必ずしもお金のためだけではありません。ひとが、恋をするのは、それによって何か得をすることがあるからではないのです。ひとが、働くことでさえ、収入のためだけではありません。

ひとが生きていくうえで大切なことは、ほとんどの場合、「何かのため」という功利的な目的とは、別のところにあると思うのです。

こういった考えは、自分が還暦を過ぎるまでは、あまりなじみ深いものではなかったと思います。自分が老人の仲間入りをし、病を患い、両親を亡くし、もはや、進歩とか成長といった青年期特有の思考から離れて、はじめて見えてきたことがあるということかもしれません。

ひとは誰でも無限には生きられず、誰もが平等に年をとり、死を迎えるという自然の摂理の側から、世の中を見直してみると、それ以前とは全く違った光景が視野に入ってきます。

それまで、重要だと思っていたことが、実はとるに足りないことであり、どうでもいいと思っていた儀礼や習慣が、人類史的な意味を持つ大切なことであることに気付かされるのです。

その気付きを、読者と共有できればうれしい限りですが、仮に共有できなくとも、構いません。そもそも、何かのために本書を執筆したわけではないのですから。

ずいぶん傲慢な言い方で申し訳ありません。

しかし、「何かのためではない、特別なこと」があるということだけは確かなことだとは、言っておきたいのです。

目次

第一章　何かのためではない、特別なこと

1　義務

小文字の世界

あらゆる書きものは自己言及であると言われるが、自分のことなどあまり書きたくはないし、誰かの自慢話を読まされるのも好みではない。

とはいえ、本書はまず、自分自身のことから語り始めることになる（何だかレヴィ＝ストロースの『悲しき熱帯』の書き出しみたいです）。

わたしはこれから「義務」について語りたいと思っているのだが、これについては、自分の著作に関連して生起した出来事を抜きにしては語れない。ここで言う「義務」とは法学上の問題でもなければ、形而上学的な行動規範でもない。もっと即物的なことであり、日常的な感覚のことだ。

誰もが毎日向き合っているか避けている、心の持ちようのようなものである。

その詳細に踏み込む前に、本書の成り立ちについて少し説明しておきたいと思う。

本書は、平凡社の雑誌「こころ」に連載されたエッセイシリーズ「何かのためではない、特別なこと」をもとにして書き下ろしたものである。連載のタイトルが示すとおり、政治や経済といった「大文字の問題」ではなく、日常の中で積み重ねられた見過ごされそうな出来事や、思考の断片といった「小文字の世界」について書き連ねたものである。そこにはもちろん自分の趣味が反映されているはずで、幾分かは好みの作家である荷風のような老人趣味もあるかもしれないのだが、荷風のエッセイが今もって多くの人々に愛される理由のひとつは、その強固な反時代性にあるのだろう。わたしもまた、現代のグローバル化、消費化、効率化、株式会社化といった風潮に対しての反時代的な視点を提示してみたいという気持ちが強い。

「小文字の世界」と書いたが、それはあまり重要ではない、とるに足りないことという意味ではない。確かに、些事《さじ》についての考察なのだが、些事が、政治や経済といった「大文字の世界」に比べて価値がないということでもない。むしろ反対に、些事に対する立ち位置の中に、人生の最も重要な機微が隠れているということを言いたいのである。

「何かのためではない、特別なこと」というシリーズタイトルも、やはり好みの作家である駒沢敏器の奇跡的ともいえる名作『語るに足る、ささやかな人生』（ＮＨＫ出版、二〇〇五／小学館文庫）の中から取り出してきた言葉である。駒沢敏器は、同書の中で、アメリカの小さな町の住人が言ったサムシング・フォー・ナッシングという英語を紹介している。そのまま訳せば、

「何ものでもないもののための、何か」ということになるが、駒沢さんは、「何かのためではない、特別なこと」と訳していた。

人生とはまさにそういった小さなことの集積によってできあがっているのだという喩えである。

そこには、小さなことをないがしろにした世界など、価値がないということであり、大きなことよりは、小さなことの中にこそ信ずるに足るものがあるという批判が含意されている。では、小さなこととは何のことだろう。

かつて思想家の吉本隆明は、講演の中で（『敗北の構造』所収）、こんなことを述べていた。

「結婚して子供を生み、そして子供に背かれ、老いてくたばって死ぬ、そういう生活者をもしも想定できるならば、そういう生活の仕方をして生涯を終える者が、いちばん価値ある存在なんだ」

はじめてこの部分を読んだとき、わたしは不意撃ちをくらったような気持ちになったのを覚えている。

吉本隆明はいかなる大思想家も、市井《しせい》の生活者もその価値においては同じであるということを別のところで言っているが、吉本の思想の根本は、こういったもの言わぬ生活者の価値を発見するところを出発点としているとわたしは思う。

国家や歴史といった「大文字の世界」を解明するという作業をほとんど独力で切り拓いてい

た思想家にとって、その作業が意味を持つためには、「大文字の世界」と同等の価値を持つ「小文字の世界」が必要だったのだ。

三・一一と介護の日々

わたしが駒沢敏器の本を読んでいたのは、ちょうど自分の父親の介護をしていたときである。そのとき、東日本大震災が起きた。大津波があり、その結果、絶対に安全だと言われていた福島の原子力発電所建屋が爆発し、日本中が不安と怒りで浮足立った。そこで起きていることが、それまでの日常に比べてみれば、あまりに現実離れしていたために、あるものは心の内で叫び出し、あるものは沈黙した。

これは現実ではない、フィクションか遠い世界の出来事だと思い込もうとしていたのかもしれないが、それは、まがうことのない現実であった。

それは、戦後六十五年を経て、日本人が遭遇した最も忌避すべき現実だった。

インターネット上では様々な流言飛語が飛び交い、一体何が真実で、これからどうなるのか何も確定的なことが分からないといった不安定な日々が続いた。

わたしは、日々の介護の傍らで、一冊の本を書いていた。その後、何社かから執筆の注文があり、物書きとして、何冊もの本を書き続けることになった。しかし、介護に関するものは介護が終わってから書いた『俺に似たひと』（医学書院、二〇一二／朝日文庫）一冊だけで、それが文庫化されることになった。一年半におよぶ父親の介護生活を綴ったこの本には、出版以後、予想外の反応があった。一般の読者はもとより、哲学者や、心理学者、作家、思想家、経済評論家など様々な分野の方から書評や感想をいただいたのである。介護や医療の関係者の反応は予想通りであったのだが、これほど広範な分野の方々が反応してくれたことには、喜びと同時に、こんな地味な本が受け入れるのかと不思議な気持ちもあった。

なぜなんだろうと思っていたのだが、なるほどと思い当たった。わたしの本に反応していただいた方々の年齢が、ほとんどわたしと同じぐらいであり、それぞれが何らかのかたちで介護や肉親の死というものを経験しているのである。

介護は他人事《ひとごと》ではないのだ。

いや、人口減少に突入した日本が直面する未知の長く険しい時代の中で、最も重要な問題になっていたのだ。

わたしは還暦を過ぎ高齢者の仲間入りをしようとしているのだが、この年代になると親は八十歳の半ばを超えていることが多い。必然的に親の死というものが身近なものになってくる。それは同時に、自分の死が身近になってきたということでもある。普段は考えない死について考える時間が、日常の中に少しずつ増えてくる。

死について考えるということは、人間を少し慎ましくする。それは、自分の限界について考えることであり、自分がいなくなった世界について考えることであり、人間の生涯について考えることでもあるからだろう。

「そう遠くない将来、わたしにも死が訪れる」

「三十年前の出来事をわたしはつい昨日の出来事のように思い浮かべることができる。しかし、三十年後にわたしはもはや存在していないだろう」

「わたしは、自分の老いや死とどのようにして向き合うことになるのだろう」

「わたしが死んだら何が残るのか」

もう一度言おう。そんなことは、普段は考えない。

三・一一という未曾有の災厄と、父親の介護という個人的な出来事の狭間で、わたしは父親の死、じぶんの死、そして災厄に巻き込まれて否応なく死んでいった人々の膨大な死について考えないわけにはいかなかった。

しかし、考えているだけでは何も解決するはずもなかった。

さしあたり、わたしにはやるべきことがあった。

それは父親の朝食を作ることであり、汚れ物の洗濯をすることであり、老人を風呂に入れることであり、下の世話をすることである。それらは、わたしが考えている間、待っていてくれるわけではないし、誰かがわたしのかわりにやってくれるものでもない。

三・一一以降の、騒然とした世の中にあって、わたしがしていたこと。

それは、毎日仕事終わりに大根や人参を買い、飯の仕度をし、汚れ物の洗濯をするということだった。それは戦後七十年間にわたって、いや戦前から日本中で、誰かが黙々と続けてきた私事であり、些事であるには違いなかった。

偶然を必然と読み替える

介護録のつもりで書き始めた本は、「俺」と「父親」の物語といった形式になった。それは、ルポルタージュとも言えたし、小説だと言う読者もいた。

新聞や雑誌、ネット上にもたくさんの書評が掲載された。

書評の中で、とりわけ心に響いたのは作家の関川夏央さんの言葉だった。男性週刊誌に掲載された書評のタイトルは〝相容れなかった父親を「義務感」で介護する日々〟とあった。わたしは、このカッコつきの「義務感」という言葉に最初ちょっとした違和感を抱いた。

「義務感で介護していたわけじゃないんだけどな」

何度か関川さんの文章を反芻《はんすう》しているうちに、違和感は別のものに変わっていった。それを発見と言ってもよいし、納得と言ってもよいかもしれない。

少なくとも、わたしの中には存在していなかった言葉が、突如として大きな石の塊のようにわたしの前に現れたといった感じだった。

一体、この「義務感」とは何であり、関川さんはなぜわざわざカッコを付してこの言葉を使ったのだろう。実際のところ、わたしは自分の介護生活を義務の遂行といった捉え方で行っていたわけではなかった。それはいわば、やむを得ず巻き込まれた宿命のようなものであり、できれば避けて通りたいと思っていたことでもあったのだ。

ところが日がたつにつれて、わたしには関川さんの言う「義務感」こそが、わたしの介護生活を形容する最も適切な言葉であることを思い知ることになっていったのである。

その理路を説明したいのだが、それには少しまわり道をしなければならない。

『俺に似たひと』を書いているとき、同時にもう一冊別の本を書いていた。体裁はビジネス書なのだが、何とも形容しがたい内容になってしまった『小商いのすすめ』（ミシマ社、二〇一二）という本である。実はこちらの方は、何年も前に出版社から執筆の依頼を受け、安請け合いしていたのであるが、なかなか書けずにずるずると納期をずらし続けることになっていたのである。

なかなか前に進めずに呻吟《しんぎん》していたとき、わたしは介護の経験の中で学んだちょっとした経験からひとつの考え方にたどり着いた。

その経験とはこんなことである。

介護の最中、わたしは毎日毎日、料理を作っていた。父親は、わたしの作る料理をうまいと言って食べてくれた。そのうちに、だんだんと料理を作ることが楽しくなっていることに気付いた。今日は何を作ろうか。一週間の献立をどのように組み立てようか。

自分の料理の腕が上達していくのが分かると、なおさらそれは楽しい作業になった。調理の道具もいろいろと取り揃えた。

インターネットの情報から、新しい料理に挑戦するということもあった。

失敗もあったが、父親はわたしの料理の腕が上がったことを褒《ほ》めてくれた。

しかし、父親は徐々に食べることが困難になり、ついにはほとんど食べることができなくなり、入院した。

父親が亡くなって、しばらくは葬儀の準備や相続の手続きなどで忙しい日々が続いた。

ふと、わたしは、自分がほとんど料理をしていないことに思い当たり、そもそも料理を作ろうという気持ちになれないことに気付いた。

それからは外食の日々となった。

わたしはこう考えた。

わたしたちは、自分が思っているほど、自分のために生きているわけではない。自分のためになんか、料理をしようとは思わないのだ。

わたしはそのことを、別のかたちで『小商いのすすめ』という本に書くことにした。

それは、こんなことであった。

わたしがここで言っているのは、そのような自己責任とは思想的にも位相的にもまったく異なるものです。正反対と言ってもいいと思います。

それは、本来自分には責任のない「いま・ここ」に対して責任を持つということだからです。

合理主義的に考えれば、不合理極まりない損な役回りを演ずることになります。

しかし、人間が集団で生きていくためには、誰かがその役回りを引き受ける必要がある。たとえば、昭和の時代に、世の親たちは、自分のこどもだけではなく、自分たちの責任ではない近隣のこどもたちに責任をもっていました。


こう書いたとき、わたしはそれまでなかなか前進できなくて、編集者を待たせ続けていた本を書き進めることができた。

合理的に考えれば、本来的に自分には責任のない「いま・ここ」に対して、それを自分の責任として引き受けること。それは、損得勘定から考えれば、合理性を欠いた考え方だろう。しかし、それこそが、この世の中に生まれてきた偶然を、必然に変えることであり、生きていることの意味を知ることである。

「いま・ここ」にあるという偶然を、必然として読み替えることができたときに、わたしたちははじめて自分が意味のある存在として自分を認識することが可能になる。

わたしは、料理の体験からそういうことを「実感として」学んだのだと思う。

閑話休題。関川夏央さんの言った「義務感」という言葉にあることと、上に書いた責任のない「いま・ここ」を自分の責任として引き受けるということとは繋がっている。

近代以降の合理主義的観点からすれば、責任を問えないことに対して、それを自らへ課せられた義務として引き受けるということの中に、わたしは希望を見ているのだ。

この義務を果たすことで、ひとはこどもから大人へ脱皮する。

親がこどもを扶養することは義務だと、法律が定めている。

しかし、それは法律以前のひとの道だというべきである。それを義務だと法律に書かなければならないところに、近代の脆弱性《ぜいじゃくせい》も潜んでいる。

この法律を逆さまに読めば、こどもは親によって扶養される権利があると主張できるということである。いや、こどもは全ての事柄に対して、自らが健康で文化的かつ基本的人権を保障された存在として生きていく権利を主張できる。

しかし、この権利を守るのはそれを主張するこどもの側ではなく、常に大人の側であり、現実にはどんなに努力をしても、こどもの権利を守りきれないということもあるのだ。それでも、大人は、それは自分に課せられた義務であると言わねばならない。

この一方的に与えられた債務返済の実行者として自分を位置付けることが、大人の条件である。

世界はそういう大人の存在によってかろうじて成立している。自分のためではないことを、自分の義務として背負って行動している大人の存在によって、共同体も国家も平穏を保つことができている。

村上春樹は「文化的雪かき」と言ったが、誰かが自分に本来的に責任のない「雪かき仕事」を引き受けなければならない。

関川さんの書評の中で、最も強くわたしに迫ってきたのは、「義務は愛よりも信ずるに足る」という言葉だった。

含蓄のある言葉だ。

情愛も親子愛も、それが愛という幻想である限り移ろいやすいものである。しかし、ひとの道として、自分のためではない何かを行わなければならないということ、つまり義務を淡々と行うことの中に、歴史を貫く、信ずるに足るものが潜んでいる。

氏は書評をこう結んでいた。「些事にして大事、あるいは些事こそが大事、しみじみそう思う」。

些事を大事にすることとは、自己責任、自己決定、自己実現といった九〇年以降に喧伝《けんでん》された立ち位置の対極のところに立ち位置を定めることだろう。いや、立ち位置というような自己意識とも無縁なことかもしれない。

ただ、やるべきこと、つまりは、これまで無数の父親や母親、祖父や祖母がそう考えて営々と続けていた日常的な所作を受け継ぐことであり、ほとんど無私の所作とでもいうべきことだろう。そして、それこそが人間にとっての何かのためではない「義務」なのである。

戦後の市井の人々の歴史を思えば、誰もが、些事を積み重ねるという「義務」を積み重ねてきたはずである。

だから、昭和三十年代、四十年代には、ことさらに「些事が大事」などと言う必要はなかったのだ。

今、「些事が大事」という言葉が重要な意味を持つわけは、「何かのためではない、特別なこと」とは、いつも「それが何の役に立つのか」という確固とした目的が必要だと教え込まれてきた効率主義、効果主義に対する根源的な批判がこの言葉の中に含まれているからだ。

2　錆色の風景

還暦を過ぎて見たテレビドラマの中の光景

還暦を迎えたとき、しばらくぶりで中学校の同窓会が行われた。

その席で、中学生のときはほとんど一緒に遊んだことのない男と二言三言会話を交わした。なぜか、その男のことが、妙に気にかかった。先方も同じようにわたしのことが気にかかっていたようで、後日また会う約束をして別れた。

その男が、わたしがこれまで書いてきたものにたびたび登場している、自動車部品製造会社の社長・駒場徹郎である。

その後、かれと何度か会ううちに、とても気が合うことが分かり、一週間に何度も会って話をする親友になった。

「気が合う」とはどういうことなのだろう。

つきつめて考えるとよく分からなくなるが、確かに世の中には気の合う人間と、同じような価値観を持っていたとしても、なんとなく気が合わないという人間がいる。

駒場徹郎とわたしの人生はずいぶん違った道であったが、話をしているうちに、ものの考え方や感じ方がなぜか似ていることが了解された。中学校を出て以来、四十年ぶりに会った人間と、あらためて親友になるとは、かれもわたしも思ってもみなかったことであった。わたしの場合、ある年頃を過ぎて以降は、親友と呼べるような友人に巡り合うことはなかった。親しくなった友人は何人かいたが、仕事に就き、結婚し、住む場所が変われば、頻繁に会って話をするということはなくなった。

これはべつに、わたしに限ったことではないだろう。多くの場合、なんの気兼ねもなく馬鹿話をし、心を許せる友人とは、中学校時代ぐらいまでの友人だろうと思う。

大人になれば、どんなに気脈が通じたとしても、それぞれの生活があって、だらだらと付き合い続けるような関係にはならない。

ところが、駒場くんとは、ほとんどこども同士で遊んでいるような関係が、還暦以後に始まることになったのである。

話をしていて分かったのは、かれもわたしも、そして二人を引き合わせることになった同じ中学校の同級生で画家の伊坂くんも、町工場の倅《せがれ》という共通点を持っていることであった。

もうひとつの共通点は、還暦に前後して、三人とも両親を亡くし、その介護の体験の中に共感する気持ちがあったということである。ある意味で、それは団塊世代の尻尾にあたるわたしたちには、共通の経験なのかもしれない。しかし、同じ病院に毎日見舞いに行き、その帰りに同じ橋の上で佇《たたず》み、「一体この生活はいつまで続くのだろうか」と呆然と立ち尽くす経験を共有するなんてことは滅多にないだろう。

戦後間もなく、大田区で育ったものにとっては、その出自が町工場であるというのはめずらしいことではないかもしれない。高度経済成長期が始まったころ、大田区には次々と町工場ができた。その数は九千といわれる。この数は東京二十三区のうちでも断トツであり、わたしの生まれた家のブロックにも、四社ほどの町工場が毎日機械音を響かせていた。戦後七十年を経過して、町の風景はすっかり様変わりした。

もし、中学校の同級生と出会うことがなければ、わたしは昔日を回顧することはあったとしても、それが何であり、どんな意味を持っていたのかを詮索《せんさく》することなどしなかったかもしれない。

先日、思うところあって、この二人と一緒に大井町から羽田までの旧東海道を歩いた。成功した実業家と、貧乏画家と、事業に失敗して作家になったわたしとの三人旅である。この小旅行（とは言っても、老人の趣味の町歩きのようなものだが）の目的は、父親たちが創業し、労苦を過ごしたであろう町の肌触りを自分たちの目で確かめてみたいということであった。

きっかけは、わたしの書斎で一緒に見たテレビドラマにあった。

『ヒューマンドキュメント「羽田浦地図」』というのがそのタイトルである。小関智弘の代表作である。大田区で旋盤工《せんばん》をしながら職人の境涯を描いた小説を書き続けた作家、小関智弘の代表作である。この作品と『錆《さび》色の町』を合わせて脚色したドラマがＮＨＫで放映されたのは、一九八四年。四回連続の「ドラマ人間模様」のシリーズで、主人公である旋盤工を若き緒形拳が好演している。脚本を書いた池端俊策はこの作品を含む脚本によって向田邦子賞を受賞している。ドラマは、機動隊と学生デモが激突して、アイゼンハワー大統領の訪日が取り止めになった「ハガチー事件」（六〇年）や、学生運動家の山崎博昭がやはり機動隊とデモの激突の中で死亡した「ジュッパチショック」（六七年）の舞台となった羽田弁天橋周辺に生きた、工場労働者の悲哀を描いている。


大井町の駅から大森に至る旧東海道沿いは、仕舞屋《しもたや》が並ぶような落ち着いた町並みを形成している。今風のものは何もないが、板を横組みにした古い民家が並んでいたり、老舗《しにせ》の蕎麦屋がひっそりと営業していたりする。

わたしたちは、その蕎麦屋でビールを飲みながらざるそばを食べ、ほろ酔い加減で目的地である羽田浦を目指した。

途中、泪橋《なみだばし》を過ぎ、鈴が森の刑場跡の先で、旧東海道はいったん途切れる。

その辺りは、かつては賑わいを見せた三業地《さんぎょうち》で、大きな遊郭もあったらしいが、今は頭上に首都高速羽田線が走り、その下は車の交通が激しい国道15号線（第一京浜国道）が走る殺風景な都市空間へと変貌している。

かつての風情はもはやその痕跡すら残してはいない。

国道が環状七号線と交差している先から旧道がふたたび始まる。

現在の大森美原通り商店街である。

美原通りを少し歩くと小さな川に突き当たり、その橋のたもとに大田区がこのエリアを文化財として指定したいきさつを示す案内板が立てられていた。

昭和二年（一九二七）、東海道は拡幅改修され、第一京浜国道が完成した。そのため往時の幅員を比較的よく残しているのは、この美原通りと六郷地区の一部だけとなった。旧東海道は、かつて三原通りと言われた。三原とは、字名の南原、中原、北原の三原のことで、美称して美原になった。

歌舞伎「浮世塚比翼稲妻」（鶴屋南北作）で有名な旅籠「駿河屋」のあった「するがや通り」は内川橋の際から分かれる。

昭和五十一年二月二十五日指定
大田区教育委員会

その掲示板は、小さな川に渡した橋のたもとに立っていた。

わたしたちは、この川はてっきり呑川《のみ》だろうと思ったのだが、そうではなかった。内川という別の河川であり、北馬込付近に水源を持ち、東京湾に注ぎ込んでいる二級河川であるという表示板がもう一方のたもとにあった。かつては、この川は灌漑《かんがい》用や飲み水として使われ、後に海苔のべか船の交通路にもなったらしい。この辺りはわたしたちの住んでいた地元、池上線沿線の町の隣町なのだが、わたしたちはここでも、隣町のことは何も知らないという思いを強くしたのであった。「ここでも」というのは、三人で始めた町歩きプロジェクトである「隣町探偵」は、「わたしたちは自分の生まれた町も、隣町も何も知らない」ということから始まったからである。

内川沿いに立っている案内板に従って、わたしたちはかつて駿河屋のあったところから分岐し、くねくねと曲がっている「するがや通り」を歩いて羽田浦に向かった。

こういったくねくね道は、区画整理前の旧道の特徴である。

大森東を抜けて、東糀谷《こうじや》に入ると、そこにはテレビドラマ『羽田浦地図』の舞台になった工場の町が、ドラマそのままの風情で広がっている。

工場の前の道は、工場が排出した切粉《きりこ》や油で、錆色に変色していた。わたしたちが見たかったのは、この錆色の町の光景だった。
その日は日曜日だったので、工場は休業しており人影はなかった。町はひっそりとしていたが、その工場の町を歩きながら、わたしたちは戦後の日本を支えてきた町工場が奏でていたであろう、旋盤や、ボール盤、プレス機械の音のざわめきを確かに聴いていたのだ。

錆色の町に、春は鉄までがにおった

このテレビドラマ『羽田浦地図』は、小関智弘の同名の小説と『錆色の町』という作品をもとにして脚本化されたものである。
その、『錆色の町』の最後部分を読んで、わたしは身体が震えるような感覚に襲われたのを今でも思い出す。そして、その感覚をもう一度確かめたいというのが、今回の「小旅行」の目的でもあった。

昨夜の雨で、はじめて桐の花が散った。うずたかく積まれた鉄の切屑は、一夜のうちに赤錆びていて、なま暖かい風が窓から工場の中に躍り込むと、茂木は久しく忘れていたにおいを嗅いだように、深い息をした。春は鉄までがにおった。

（小関智弘『羽田浦地図』現代書館、二〇〇三）

この「春は鉄までがにおった」という部分は、作品が第七十八回の直木賞の候補になったときにちょっとした問題になった。

直木賞の審査では、水上勉と源氏鶏太が強く推し、司馬遼太郎も好意的だったが、受賞は逃す結果となった。この審査のとき、審査員のひとりが、「におうはずのない鉄を、におったと書くのは、作者の思い入れが過ぎる」と言ったという。その審査員である作家は、さらにいろいろ調べて、やはり、鉄ににおいはないと強調したらしい。

しかし、わたしたち町工場の倅は誰でも、鉄のにおいを知っている。

旋盤工なら誰でもがそのにおいを知っているはずである。

確かに鉄本体にはにおいというものはないのかもしれないが、油や、埃《ほこり》が、鉄を削るときに焼けてできたにおいこそ、わたしたちにとっては鉄のにおいなのである。

魚屋が魚のにおいを身体にしみ込ませているように、蕎麦屋がカツオだしのにおいを身体にしみ込ませているように、わたしたちの父親の身体はその鉄のにおいを身体にしみ込ませていた。

どこか知らない町を歩いていても、この鉄のにおいがしてくるとわたしたちの身体は反応する。そして、毎日毎日、夜中まで油にまみれて仕事をしていた父親の姿を思い出し、町工場が元気に機械音を響かせていた時代が懐かしくよみがえってくる。

日曜日のひっそりとした工場の町を歩いていると、鉄の切り屑が軒先に放置されており、雨がその錆を路上に流している光景に巡り合う。

アスファルトの道路は、そこだけ錆色に色づき、光を受けて、時に虹色の光彩を放っている。

「そうだよ、これが錆色の町だよ」とわたしと駒場は顔を見合わせた。

そして、画家である伊坂に向かってこう言った。

「お前、今度、この錆色の町を描いてくれないか。それは、お前がやらなくてはならない仕事だと思うよ」

伊坂はそのときは、何も言わず曖昧《あいまい》に返事をしていたように思う。

それから数ヵ月後、雨が降る寒い休日に、伊坂が突然わたしの書斎にやってきた。

手には大きな平たい段ボールの箱を二つ抱えていた。

わたしは、伊坂が何を持ってきたのかをすぐに理解した。

段ボールの箱の中にはキャンバスが入っていた。キャンバスに描かれていたものは、まさに錆で描いたような、錆色の町であった。いや、そこに町は描かれてはいなかった。キャンバス一面が、錆色で覆われてはいたが、そこにはいかなる図象も認めることのできない不思議なものであった。

それが、伊坂にとっての錆色の町であるということなのだろうか。

わたしは、少しばかり不満であった。

しかし、伊坂があれからずっと、アトリエで錆色と格闘していたことだけは、確かなことであった。

いつか、伊坂はわたしたちの根拠地である、錆色の町を描いてくれるだろう。

後日、伊坂のアトリエを訪問すると、入口からふろ場、トイレまで全ての場所が、錆色で汚れていた。

皮肉なことに、伊坂は、錆色の町を描かずに、錆色だけを追求し続け、自らその錆色の中に埋没していった。アトリエが、そのまま錆色の家になってしまったのだ。

そこには、鉄のにおいはなく、油絵の具のにおいだけが充満していた。

伊坂にとっては、この油絵の具のにおいが、鉄のにおいなのかもしれなかった。

3　既視感

終戦後の記憶

満州事変から太平洋戦争までの戦時体制の研究は多く、とても全てに目を通すことができないほどだが、戦後の日本に関しての研究、それも一般の人々の生活に焦点を当てた研究は多いとは言えないのかもしれない。いや、そんなことはあるまい。それはわたしが知らないだけで、多くの生活史が書き残されているはずである。

わたし個人においても、これまで戦争に関して考えるときに、戦前と戦中のことが中心であり、占領下の戦後に関してはすでに終わったものであり、ある程度は想像がつくと思い込んでいたために、特別深く考えようとはしてこなかったのかもしれない。

映画や小説ということならば、戦後の闇市や慰安所を舞台にした作品が数多く作られており、失うものがなくなった人間たちの赤裸々な姿が描き出されているのを知っている。

最近、ジョン・ダワーのピューリッツァー賞受賞作品である『敗北を抱きしめて』を読んで、

GHQ占領下の日本が、ある意味では戦争期以上に特異な時代であったことにあらためて気付かされた。

日本人は、八月十五日の玉音放送を聞き、一夜にして、それまで信じていた国体思想から、GHQが作成した「平和と民主主義」という新しい思想へと宗旨替えした。

しかし、それは、あくまでも表面上のことで、多くの日本人にとって、戦後の数年間とは凄まじい飢餓との戦いの日々であった。実際に千人以上が栄養失調で死亡し、町には食うや食わずの浮浪者があふれていた。

続々と帰還してきていた復員兵は、必ずしも地元で歓迎されたわけではなかったようである。戦争の実態が明らかになるにつれ、様変わりした日本の村で特異な目で見られることもあった。誰もが、吐き気のするような戦時を忘れたがっていたのかもしれない。

あの頃、日本人は、一体何を考えて日を継いでいたのだろうか。

成瀬巳喜男が、戦後まもない日本を描いた名作『浮雲』には、当時の日本人のやる瀬のない絶望が、モノクロームの画面に「美しく」描き出されている。

映画の冒頭近くで、引揚げ船で焦土と化した日本に戻ったタイピストが、赴任先の仏印で知り合った愛人の自宅を訪ねるシーンがある。

表札に、渋谷区代々木上原とある。

東京大空襲は、渋谷から代々木一帯も焼け野原にした。

ゆき子（高峰秀子）とその愛人である富岡（森雅之）が歩いている町の様子が、画面に映り込んでいる。板塀。黒い瓦屋根。焼け残った土蔵。路上に錆ついている自転車。

敗戦後の巷《ちまた》を流浪する男と女。かれらの気持ちを投影するように、いくつもの印象的なシーンが重ねられる。

線路脇の道。特飲街を横切る犬。長屋であそぶ洟《はな》垂れ小僧。ぼろぼろの靴とよれよれのスーツ。崩れかけた木造家屋。ガラスの嵌《は》まった引き戸。高架鉄道下の特飲街。

わたしは、この冒頭近くの、戦後の町並みを切り取ったシーンで、画面にくぎ付けになった。そのひとつひとつの光景をそのまま切り取って記憶の中にとどめて置きたい。そう思わせてくれる濃密な空気が漂っている。

この光景を見ているとき、わたしの中で、ちょっとした化学反応が起きていた。

この風景には見覚えがある。そして、それを思い出そうとしている自分がいる。

見たことのない光景なのに、このシーンは確かに、どこかで見たことがあると思うようになっていたのである。

一体、これはいつの時代なのか。

わたしは昭和二十五年（一九五〇）に生まれている。

この映画は、主人公が戦後仏印から引き揚げてきたということなので、おそらくは昭和二十年、二十一年という時代設定になっている。ならば、わたしが生まれる四～五年前の日本ということになる。

わたしは、この風景を実際には見てはいないのだ。

見てはいないのに、既視感があるというのはどういうことなのだろう。

大人たち（つまりはわたしたちの親たち）の体に残る戦争の記憶が、戦争を知らないわたしたちの体の中にまで蓄積されたということなのだろうか。

ふつうは、そういうことはあまり起こらない。誰もが「現在」を生きることに精いっぱいであり、先人の体験を反芻しながら生きることもなければ、次世代に伝えられた体験は時とともに色あせてしまうものだ。しかし、それが、ある時代の、集合的な傷痕だったとしたら、どうなのだろう。死と隣り合わせの飢餓や恐怖だったらどうなのだろう。

この時代、親の世代が、かれらを引き継ぐわたしたちの世代に対して強く教えようとしていたのは、何が何でも「生き延びよ」ということだったと、思う。

終戦後の日本の、この特異な風景はそう長くは続かなかった。

東京大空襲で、東京の町は焦土と化したが、復興は順調に進み、戦後十年もすると日本は高度経済成長の波に乗り、近代化の道を高速で走り続けた。

戦後七十年を経て、この時代の風景のもとで、人々が何を考え、何を目撃し、何を糧《かて》に生きていこうとしていたのか、どれほどの絶望を味わい、将来にどんな希望があったのかを、自らの経験として語れるものはほとんどいなくなった。
昭和二十一年、つまりこの映画の舞台になった時代に、無頼と放蕩の生活を繰り返していた作家坂口安吾は、戦後日本人の精神を鮮やかに切り取る『堕落論』を、雑誌「新潮」に発表する。
その冒頭に、まさに映画『浮雲』の世界を予告するような文章を書きつけた。

若者達は花と散ったが、同じ彼等が生き残って闇屋となる。ももとせの命ねがわじいつの日か御楯とゆかん君とちぎりて。けなげな心情で男を送った女達も半年の月日のうちに夫君の位牌にぬかずくことも事務的になるばかりであろうし、やがて新たな面影を胸に宿すのも遠い日のことではない。人間が変ったのではない。人間は元来そういうものであり、変ったのは世相の上皮だけのことだ。

そして、終わり近くにこう続けるのである。

戦争は終った。特攻隊の勇士はすでに闇屋となり、未亡人はすでに新たな面影によって胸をふくらませているではないか。人間は変りはしない。ただ人間へ戻ってきたのだ。人間は堕落する。義士も聖女も堕落する。それを防ぐことはできないし、防ぐことによって人を救うことはできない。人間は生き、人間は堕《お》ちる。そのこと以外の中に人間を救う便利な近道はない。

戦争に負けたから堕ちるのではないのだ。人間だから堕ちるのであり、生きているから堕ちるだけだ。だが人間は永遠に堕ちぬくことはできないだろう。なぜなら人間の心は苦難に対して鋼鉄の如くでは有り得ない。人間は可憐であり脆弱であり、それ故愚かなものであるが、堕ちぬくためには弱すぎる。

おそらく、安吾のこの認識は、『浮雲』の作者である林芙美子の中にも息づいていた。いや、林芙美子は、まさに安吾の言う可憐で、脆弱で、それでいて堕落していく「人間」を見つめていた。

『浮雲』の主人公であるゆき子（高峰秀子）の生き方を見ていると、まるでそれは波乱万丈の生涯を送った林の自画像を見せられているような気持ちになる。ゆき子も、そしてゆき子と不倫関係にあり、さらに伊香保温泉で出会った女にも手を出してしまうだらしのない男（森雅之）も、ほとんどやけっぱちのように堕落していくが、それでも堕ちぬくことはできない。弱すぎるからである。そして、弱すぎるから堕落していく。

弱すぎて堕落していく人間たちでさえも、生きていく意味があり、生き延びていかなければならない。

堕ちよ、と安吾は言う。しかし、安吾の『堕落論』にも、林芙美子の『浮雲』にも、共通して見られるのは、人間の弱さやずる賢さに対する肯定的な視線である。

弱さも、ずる賢さも、どんなみじめな感情や、不埒《ふらち》な欲望も、それらを肯定しなければ、戦後の日本人は生き延びることはできなかったとも言える。

わたしたちの世代は、そういった特異な風景の中を潜り抜けてきた親たちから、無言のメッセージを受けて育ってきたはずである。

それが、たとえば『浮雲』に映し出された風景に対するわたしたちの既視感の理由なのかもしれない。

町の記憶

還暦を過ぎたころから、町歩きが趣味になった。もともとは、小津安二郎の戦前の映画に映り込んでいる電車や鉄塔をたよりに、ロケ地を探り当てようという目論見で始めたのだが、実際に町を歩いてみると、毎回驚くような発見があり、面白くて止められなくなった。

一通りの映画研究を終えた後、わたしと一緒に映画研究をしていた友人は、自分たちの父親が戦後間もないころ、生きていくために作った町工場のあった場所や、かれらが歩いた道をもう一度たどり直してみることにした。

東京の南のはずれにその町はある。

たとえば、大森東、東糀谷一帯の工場の町であり、羽田弁天橋の下を流れる海老取川沿いの道であり、かつて遊郭のあった武蔵新田《むさしにった》や、今も町工場の並ぶ多摩川土手や、川沿いの町の路地である。

すでに述べたことだが、そんな隣町の探索を続けていたあるとき、旧東海道を南下して環状七号線を横切ると、自分たちが知らなかった商店街へ出た。

その商店街をさらに歩いて行くと、小さな川にぶつかった。川には橋が架かっていた。江戸時代、この橋のたもとに「駿河屋」という旅籠《はたご》があり、歌舞伎「浮世《うきよ》柄比翼稲妻《づかひよくのいなずま》」の登場人物である幡随院長兵衛《ばんずいいんちょうべえ》が定宿にしていた。

この旅籠の手前で東海道から分岐しているのがするがや通りで、今でも往時の面影を残すようにうねうねと曲がる不思議な細道である。

この細道は一体どこに続くのかと、通り沿いの食品店で訪ねた。

「羽田浦だよ」という答えが返ってきた。

意外な答えだったが、わたしたちはうれしくなった。なぜなら、羽田浦は、この日の探索の目的地であったからである。

わたしたちは、くねくねと続くするがや通りを歩いて羽田浦に向かった。

そして、海老取川が見え、海が見え、その向こう側に飛行機の飛び立つ姿が見えた。

海老取川には、大看板がまるで要塞のように並んでいる。

その海老取川の空港側には、かつて千二百世帯、三千人が暮らす町が広がっていた。終戦の年の九月、この町は忽然と消えてしまった。占領軍の飛行場拡張のために、四十八時間以内の強制撤去が行われたからである。

わたしたちは、するがや通り、つまりかつての羽田道を歩いて、羽田浦に出た。海老取川の土手の上から、東側に広がっている羽田飛行場を見た。

大きな飛行機が、尾翼を光らせて飛び立っていく。

その姿は、水面から跳ねた巨大な魚が、背びれに太陽を反射させている姿を連想させた。

堤防の上に立って、空港の用地を見渡すと、そこには巨大な空虚が広がっている。

しかし、わたしたちは、その空虚の中に、人々のさざめきを聞いている気分に陥《おちい》った。

それは、七十年前に忽然と消えてしまった、あり得たかもしれない町のさざめきだった。

当時、そこには穴守神社へ向かう参道があり、賑わいを見せていた。

海上守護神である多摩川弁財天の周囲には、漁師や海苔の養殖を生業とする海の民の末裔が信心深い生活を送っていた。

もし、七十年前に、海老取川の西側に疎開した人々が健在であったならば、かれらはわたしたちが立っている土手の彼方に何を見るのだろうか。

その風景は、わたしたちの親の世代が、戦後の日本の廃墟になった東京の町に復員してきたとき、最初に見たものと同じかもしれない。

そこにあったはずのものがなにひとつなくなった町に、かれらは帰ってきたのである。

4　ゴミ屋敷縁起

ゴミの理由

介護のために戻った実家は、三両編成の電車が走る池上線沿線にあった。最寄りの久が原の駅までは、徒歩で五分ほどの距離である。

わたしがまだ小学校に通っている頃、駅前からは、西側に久が原銀座商店街が延びており、南側にはそれとは別の末広商店街があった。

現在でこそ、久が原銀座商店街は、「ライラック通り」と現代風な名前に変わっているが、わたしにとっては、久が原銀座の方がしっくりする。生涯をほとんど地元の町から出たことのないわたしの母親にとっても、久が原銀座は唯一の繁華街であり、まさに「銀座」だったのである。

久が原銀座の西側は、今は閑静な住宅街になっているが、以前より縄文貝塚の遺跡や、竪穴式住居跡が発掘された場所として、ちょっとした話題にもなったところである。昭和の初めには、竪穴式住居跡から弥生式土器が発掘され、久ヶ原式土器として、知られるようになった。

ちょうど、わたしが通うことになる中学校のグラウンドあたりが、発掘現場として知られるようになり、わたしも何度か、土器の欠片《かけら》を発掘しようと穴掘りに参加した。辺り一帯、土器発掘のにわか考古学者たちが地面を掘り返して、中学校前の土地が穴ぼこだらけになってしまった。

土器探しの熱が冷めると、グラウンド横にあった穴ぼこだらけの空き地には、もう誰も近寄ろうとはしなかった。それでも、こどもたちは穴を埋めて、その場所を草野球場にしてしまった。

そのこどもたちが、草野球から卒業し、それぞれの人生を歩み始めることになると、その空き地には草が生い茂り、やがて周囲が鉄条網で張りめぐらされた。


駅の西側には、市場があった。市場の入口には、肉屋があって、揚げ物のにおいが周囲に漂っていた。

夕暮れどき、薄暗い裸電球がぶら下がっている市場の通路の両側には、魚屋や乾物屋の縁台が並んでおり、近隣の主婦たちが買い物かごを手に、その日の夕食の食材を漁った。

半世紀以上も昔の、東京の南の外れの、どこにでもある町が、これほどの賑わいを見せていたことに今さらながら驚くのだが、それは池上線沿線のどこの町も同じであった。

母親は生前、毎日これらの商店街まで通っていた。夕方、いつも同じ時間に、買い物かごを下げて家を出る。暮れなずむ路地裏を戻ってくる母親の姿は、今もわたしの目に焼き付いている。

母親が最後の入院をしたころに、実家を介護用にリフォームしようということになり、二階建ての家の整理をした。おどろいたことに、実家はほとんどゴミ屋敷と化していた。ガスの配管が露出した台所の、流し台の下の収納スペースと、流しの上の棚の中には二度と使うことのない鍋や、洗剤や、もらいものの食器類がぎっしりと詰め込まれていた。流し台の上の棚の扉は、もう何年も、いや何十年も開けられないままに放置されているようでもあった。寝室のある二階の和ダンスの中にも、押入れの中にも、もう何年も放置されたままのがらくたが詰め込まれていた。

少し前に、『老前整理』（徳間書店、二〇一二）の著者である坂岡洋子さんと対談する機会があった。対談の中で、なぜ、老人の家はゴミ屋敷になってしまうのかが話題になった。その理由はいろいろあるだろう。高い場所に収納したものは、老人が容易に出し入れすることはできなくなる。片付けようという気力が失せる。この年代の人は捨てるということができない。

どれも、考えられる理由である。しかし、わたしにはもっと重大な理由があるように思えた。それが何なのかについて、わたしは考えていたのだが、ある日、ちょっときっかけがあって、あらためて気付いたことがあった。そのことを記しておこうと思う。

ゴミを整理しているあいだ、わたしは幾度も胸を突かれる思いがした。和箪笥《だんす》の底や、押入れの奥に、母親が毎日商店街に通っては、買い足していた父親の下着やポロシャツが、値札が付いたままの状態で眠っていたからである。母親は必要がないのに、毎日商店街までの道のりを歩き、なじみの店に立ち寄り、必要のないものを買っていたのである。

　昭和三十年代、食材は毎日商店街まで買いに出て、その日に買ったものはその日のうちに消費していた。当時はまだ、氷を入れておいて、食材を冷やすタイプの冷蔵庫しかなく、氷屋が毎日通ってきて、冷蔵庫用のブロックを売り歩いていた。冷蔵庫とはいっても、一時的に冷蔵保存するだけのものだったのである。

　大型の電気冷蔵庫に、買いだめしたものを保存するようになったのは、東京オリンピック以後だろう。高度経済成長は、それまでの日本人の生活様式を大きく変化させた。その変化を支えたのは耐久消費財の爆発的な普及であった。生活はめまぐるしく変わっていったが、父母の世代はこの変化から取り残された。母親は、毎日商店街に通う必要がなくなった後も、以前の生活を変えようとはしなかった。

　いや、できなかったのである。

　母親にとって、毎日商店街へ通うということは、生きているということとほとんど同義であった。父親が工場を営んでおり、住み込みで働く若いものたちや、わたしたちの夕食の材料を仕入れにいくことが、母親の仕事であり、生きる意味だったからである。

　後に核家族化に繋がる消費資本主義、別の言い方をすれば、使い捨ての時代へと日本人の生活様式は変化していったが、母親の世代の人間にとっては、変化はあまりにも速すぎたし、自分たちの生活を変えるつもりもなかった。

老いて後も、その生活は変わらなかった。毎日商店街へ通うことだけは、その必要がなくなってからも続けられた。商店街へ行けば、そこに見知った顔があり、少しばかり世間話をして、ついでに夫やこどもの下着を買って帰るのである。

別にボケていたわけではないのだが、あいさつ代わりに、買っておいても無駄になるまいということで、本当は必要のないものを買い続けていた。

それが、封を切らないまま箪笥の中にたまった下着の秘密であった。

残酷な歳月

橋本治の小説『巡礼』には、戦時中に育ち、まっとうに生きてきた荒物屋の息子が、気がつけばゴミ屋敷の住人となって、周囲から奇異の目で見られるようになる様子が、克明に描かれている。

新潮社の広報誌である「波」の二〇〇九年九月号で、橋本は自作についてこんなことを言っている。

私は商家の息子ですから、社会が変わり、それまでの商売がなりたたなくなったとき、空回りしたエネルギーはどこにいくんだろうというのがずっと気になっていたんです。ある人の場合、それがゴミ集めに向かうかもしれない。ひとつの時代を生きていた人が、その時代のまま見捨てられていくなら、そういうことも起こりうるのではないかと思った。書いていると、怖くなってくるんですよ。自分もいつそうなるかわからない。

この橋本の述懐は、まるでわたしの母についての解説のようであり、それだけで、わたしは橋本がなぜ、この小説を書かねばならなかったのかを了解した。それは、時代に追い越されたものたちの物語なのだ。人間は、誰もが、時代を追い求め、時代を追い越し、やがて時代に追い越されていく宿命の中で生きている。

小説の主人公である、下山忠市は二十九歳になったときに、二十三歳の八千代を娶《めと》る。そして、忠市の父親が営む荒物屋を、瓦や瀬戸物を扱う店に改装して跡を継ぐことになる。荒物屋の倅が、瓦屋に商売替えして真面目に働いているうちに、時代がかれを追い越してしまう。マンションや簡易住宅が立ち並ぶようになれば、瓦屋もまた開店休業となる。

それから、家の外側では時が過ぎて、時の流れから取り残されていた忠市の母は、八十五歳で死んだ。丸亀屋の大戸は閉ざされて、いつか周りにはゴミが積もって行った——。

（橋本治『巡礼』新潮社、二〇〇九、一九七頁）

市井の、どこにでもいるような、普通の、真面目に働いて生きているものが、気がつけばゴミ屋敷の住人になってしまうという物語を読みながら、わたしはゴミ屋敷のようになってしまったわたしの実家のことを思い出していた。

歳月は残酷なものである。いや、残酷なのは歳月ではない。

人間の生涯とは、多かれ少なかれ、時代に追いつき、時代を牽引《けんいん》し、そして自分が牽引してきたはずの時代に追い越されて、居場所をなくしてしまうようなものなのかもしれない。

その意味では、老いとは生きることの残酷さに身をもって直面することなのだ。

はたして、何がそれを救済できるのだろう。

巡礼

橋本治の小説の中では、主人公の家は、マスコミの格好の餌食《えじき》となり、一種の心霊スポットのような観光名所になってしまうのだが、結局原因不明の火事を出してしまう。

その火事の現場に、長年疎遠であった弟が訪ねてくる。そして、弟は兄である主人公に、四国八十八か所巡りをしてみないかと、お遍路の提案をする。これからどうするか、お大師様に聞きに行こうというのであった。

主人公にとって、ゴミは、集めたくて集めたものではなかった。

いずれは、片付けようとして身の回りに積み上がっていったものであった。だから、それらが「ゴミ」であることは、自分でも分かっていた。分かってはいたが、片付けられない理由があった。しかし、その理由は、主人公自身にも説明できない理由であった。

自分が積み集めた物が「ゴミ」であるのは、忠市にも分かっている。「片付けろ」と言われれば片付けなければいけないことも、分かってはいる。しかし、それを片付けてしまったら、どうなるのだろう？　自分には、もうなにもすることがない。片付けられて、すべてがなくなって、元に戻った時、生きて来た時間もなくなってしまう。生きて来た時間が、「無意味」というものに変質して、消滅してしまう。

（前掲書、二一〇頁）

つくづく、人間とは意味を追う動物なのだと思う。その「意味」の内実がどのようなものであるかは、問題ではない。そこに「意味がある」と思えることが重要なのである。

人間はみな、この「意味がある」という実感に縛られて生きている。生きていることに本来意味があるかどうかと尋ねても、誰もそれに答えることはできないだろう。しかし、「意味がある」と思わなければ、生きてはいけないのもまた事実である。

人生の午《ひる》には、直接「生きている意味」を尋ねなくとも、ただ周囲から必要だとされることで、意味を実感することができる。

しかし、人生の午を過ぎ、世間の中心から徐々に隅に押しやられ、周囲からの関心も薄れてくるにしたがって、「生きている意味」もまた薄ぼんやりとしたものになっていく。

橋本の小説の主人公にとって、目の前に積み上げられたゴミは、かれが生きてきた時間そのものであり、それがかれの「生きている意味」を裏付けてくれるものでもあった。そして、その生きてきた時間であるゴミが、焼失し、片付けられたとき、かれには「生きている意味」がなくなってしまった。

それでも、かれが生きていくためには、もう一度意味を復活させるしかない。しかし、残酷な歳月は、誰に対してであれ、そんなことを許してはくれない。

だとすれば、残された道は、「生きている意味」の呪縛から逃れるということだけなのかもしれない。

「巡礼」とは、主人公が「意味」の呪縛から逃れるための、最後に残された道であった。

わたしは、橋本治の小説を、母の死後に読んだ。そして、ところどころで、母親を思い浮かべた。小説の主人公の家とゴミ屋敷に変じた実家を引き比べた。

小説の主人公は、最後に、巡礼の旅に出て、少しずつ、かれを呪縛していた「意味」から自由になっていき、最後に静かに死んでいった。

わたしは、あの、久が原銀座商店街まで、毎日毎日通い続けて死んでいった母親を思い浮かべて、ふと、あれが彼女の巡礼の旅だったのではないかと思ったのである。

5　祝福される受難者

敗者の救い

わたしの好きなフィンランドの映画監督、アキ・カウリスマキは三部作を好んで作る監督である。

『マッチ工場の少女』『パラダイスの夕暮れ』『真夜中の虹』の労働者三部作では、浮かばれない労働者の悲哀と絶望と、わずかな希望を衒《てら》いもなく描いて見せた。

『浮き雲』『過去のない男』『街のあかり』の敗者三部作は、敗れ去りしものたちに寄り添うように、人生の残酷と希望を陰影深く描いている。そして『ル・アーヴルの靴みがき』を皮切りに始まったのが港町三部作である。港町三部作がどのように展開していくのかは分からないが、残り二作が待ち遠しい。

これらの中で、完成度が高く、評価も高いのが敗者三部作で、わたしも一連の作品を何度も見直した。そして、見るたびに、その独特の空気にいつも惹きこまれ、目が離せなくなる。

敗者三部作の最後の作品が『街のあかり』で、他の二作に比して高い評価を受けているわけではないが、わたしにとっては他の二作以上に衝撃を受けた作品であった。

『街のあかり』といえば、チャップリンの名作『街の灯』を誰でも思い出すだろう。盲目の少女に恋をしてしまった浮浪者と、その浮浪者を富豪と勘違いしてしまった少女の物語。少女は、この浮浪者が苦難の末に手にしたお金の援助で目の手術をする。目が見えるようになった少女は、街をとぼとぼと歩く浮浪者に、かつて自分がしてもらったように、一輪のバラと小銭をわたす。そして浮浪者の手に触れたとき、この浮浪者こそ自分を助けてくれた男であることを理解する。

見えないときに見えていたものが、見えるようになったときには見えなくなっているという、人生のメタファーのような仕掛けが、この映画に比類のない陰影を与えている。

カウリスマキの『街のあかり』は、そのタイトルが示すように、チャップリンの映画の本歌取りであるが、舞台は現代のヘルシンキで、チャップリン映画の浮浪者は、この映画では孤独を抱える警備員である。心優しい警備員は、自分を騙した悪党である女を、どこまでも信じて庇《かば》おうとしたために、冤罪《えんざい》から逃れられずに投獄されてしまう。

二つの映画の主人公である浮浪者と警備員は、どちらも人生の敗者であることは同じだ。チャップリンの浮浪者は、少女が覚えていた手の感覚によって救済される。

カウリスマキの作品において、最後にこの負け続きの警備員を救うのも、ホットドッグ売りの娘の手の感覚である。

『街のあかり』の舞台であるフィンランドは、世界で最も充実した福祉国家であり、教育国家であり、社会民主主義のお手本のような国である。この国で、はっきりとした「敗者」となるのは、思いのほか難しいはずである。しかし、どのような政治体制であれ、いや、政治体制や経済体制などとは無関係に人間の社会は必ず敗者を作り出すものなのだろう。

敗者とは、競争に敗れたものか。

そうではない、とカウリスマキは言っている。

かれは、通俗的な世間の常識では敗者と呼ばれるものかもしれないが、天の高みから眺めて見れば受難者というべき選ばれしものなのだと言っているように思える。

主人公コイスティネンはヘルシンキのビジネス街で警備員をして暮らしている。

妻も、恋人も、友人もいない。かれが会話を交わすのは、わずかにホットドッグ屋台の、みすぼらしい娘だけである。色恋とは所詮《しょせん》縁のない生活。わずかばかりの収入。どこを切り取っても敗色濃厚である。

ヘルシンキの街並みも、敗者を寄せ付けない冷たさで覆われている。かれに近づいてきたのは善良なお人よしの警備員を騙して、商品を盗もうとたくらむ宝石泥棒が遣わせてきた女だけである。

こう書くと、何と救いのない映画だろうと思われるかもしれないが、この映画のテーマはまさにその救いのない状態こそが救いへの糸口であるというような逆説である。コイスティネンは、自分を欺くために遣わされ、自分を裏切ってゆく女をさえ庇う。そして、そのお人よしのゆえに、われにもあらず、受難者となってしまう。

いつの時代でも、どこの世界でも、優しさは受難へのトリガーとなる。人間は、強欲や自己欺瞞《ぎまん》によって受難するのではなく、人間を動物から隔てているところの、他人への優しさによって貧乏くじを引かされるというわけだ。しかし、その貧乏くじは一筋の救いをかれに手渡す。その救いは、もともと身近なところにあったのだが、受難者にならなければ見ることができないものでもあったのだ。

映画のラストで、傷ついたかれを抱く、ホットドッグ売りの女の掌《てのひら》の感触の中に、コイスティネンが見た希望。

それは、受難者だけに見える種類の希望であるに違いない。

ささやかな受難者

受難者という言葉でわたしがいつも思い出すのは、吉野弘の「夕焼け」という詩作品である。詩の主人公は、気弱な心優しい少女である。

まずは、その全体を引用しよう。

いつものことだが
電車は満員だった。
そして
いつものことだが
若者と娘が腰をおろし
としよりが立っていた。
うつむいていた娘が立って
としよりに席をゆずった。
そそくさととしよりが坐った。
礼も言わずにとしよりは次の駅で降りた。
娘は坐った。
別のとしよりが娘の前に
横あいから押されてきた。
娘はうつむいた。
しかし

又立って
席を
そのとしよりにゆずった。
としよりは次の駅で礼を言って降りた。
娘は坐った。
二度あることは　と言う通り
別のとしよりが娘の前に
押し出された。
可哀想に
娘はうつむいて
そして今度は席を立たなかった。
次の駅も
次の駅も
下唇をキュッと噛んで
身体をこわばらせて――。
僕は電車を降りた。
固くなってうつむいて

娘はどこまで行ったろう。
やさしい心の持主は
いつでもどこでも
われにもあらず受難者となる。
何故って
やさしい心の持主は
他人のつらさを自分のつらさのように
感じるから。
やさしい心に責められながら
娘はどこまでゆけるだろう。
下唇を嚙んで
つらい気持で
美しい夕焼けも見ないで。

（吉野弘『吉野弘詩集』〔「幻・方法」所収〕思潮社現代詩文庫、一九六八）

よい詩である。
この作品で心に残る印象的な部分は、「やさしい心の持主は／いつでもどこでも／われにもあらず受難者となる」という言葉だろう。受難者という、ややこなれの悪い言葉が挿入されることで、この詩が単なる心優しい少女をめぐる叙景を表現しているだけではないことが分かる仕組みになっている。

ただ、それだけならば、これはありふれた、日常の一場面を鮮やかに切り取ったという以上のものではないだろう。

「悲しみが多いほど、他人に優しくなれる」といったことは、歌謡曲の中でよく歌われるありふれたフレーズだ。確かにそういうこともあるだろうと誰にでも思わせてくれるが、実際には不幸な生い立ちを経験してきたものが、他人に優しいとは限らないということも、誰でも知っている。

ましてや、この詩の主人公の少女は、これまでの人生の中で辛酸をなめてきたとは思えない。どこにでもいる、普通の、少女である。

意地の悪い見方をするならば、何度も席をゆずるということが、なんだかばつが悪くなってしまって、うつむいていただけだったのかもしれない。

それを、あたかも、心優しい受難者であるというふうに見てしまう、吉野弘という詩人は思い入れが強すぎるのではないのかと言えなくもない。

しかし、そういった見方を全て一変させてしまうのが最後の一行である。

タイトルにある「夕焼け」が出てくるのは、この最後だけである。

わたしたちは、このささやかな受難劇の目撃者になるわけだが、その背景には美しい夕焼けが車窓の向こう側いっぱいに広がっているのである。

夕焼けは少女を救済したりはしない。

人間の、ささやかな行為にも、いやどんな無理難題にも、無関心である。

その意味では、自然はいつも人間の手の届かないところにある。そして、その酷薄さゆえに、自然は時に神のように美しく見える。

夕焼けの美しさは少女を救済しない。けれども、その美しさを背景とするこの風景全体は、肯定的な意味に彩られている。

その美しい夕焼けは、どんな無残に見える人生の上にも平等に広がっている。

6　戦後が作った三つの物語

テレビの光芒

戦後七十年の歴史の中で、日本人の生活を最も大きく変化させたものといえば、やはりテレビをもって嚆矢《こうし》とすべきだろう。戦後の閉塞状況から抜け出しつつあった日本人にとって、テレビはまさに「社会の窓」であり、その窓の向こうにはアメリカの消費文化が映し出され、それはそのまま日本人にとっての輝かしい明日でもあった。

わたしは、最近は、ほとんどテレビは観ないのだが、父親の世代には、テレビはほとんどつけっぱなし状態という家庭も多かったようである。茶の間に置かれたテレビは、必要なときに必要な番組を観るためのものではなく、そこが外界への通路であるかのように、いつでも外の世界に向かって開かれていた。それ以前の、テレビがなかった時代というものが、想像できないほどに、テレビは日本人の生活の中に浸透していったのである。

テレビが日本に劇的に普及したのは、東京オリンピックがきっかけだったと、一般には考えられているようであるが、実際にはオリンピックの五年前にすでにテレビの売り上げは急伸していた。

その理由は、いくつか考えられるが、一番は空前のミッチー・ブームだろう。ミッチー・ブームと言っても、平成生まれの若者には何のことか分からないかもしれない。

一九五八年の皇室会議において、皇室が初めて、民間から皇太子妃を迎え入れることに決まった。その二年前に、経済白書が、「もはや戦後ではない」と公表し、日本の占領体制、戦後復興体制が終わり、景気は上昇し、日本中が再出発の実感を手に入れ始めていた頃であった。そこに降って湧いたような、皇太子ご成婚のニュースが飛び込んできたのである。

これこそまさに新しい日本の始まりを象徴する出来事にふさわしいと誰もが感じたはずである。そして、一九五九年四月十日に、皇太子のご成婚パレードが生中継されることが決まり、テレビメーカー各社は色めきたった。パレードの一週間前には、NHKの受信契約数が二百万台を突破したのである。

小学生だったわたしも、一家でテレビの前にくぎ付けになってこのパレードを見学した。皇居から、東宮御所までの八・一八キロメートルを、四頭立ての馬車を仕立てた一行が走り抜け、五十万人以上の群衆が沿道に詰めかけて日の丸の小旗を振って祝福した。それは、時代が切り替わる瞬間であった。

爾来《じらい》半世紀。今、歴史を振り返ってみれば、やはりこれは日本にとって大きな「事件」だったと言えるだろう。わたしにとっても、これほど華やかで、日本中が沸き立つような光景は後にも先にもこのときだけである。

しかし、歴史を点検してみれば、終戦当時の状況次第では、天皇家がこのようなかたちで存続したことは、いくつかの幸運が重ならなければあり得なかったことだということが分かる。戦争の最高責任者である天皇裕仁は、ヨーロッパ戦線の戦後処理と同様の論理で行われていれば、戦犯として処刑されていた可能性さえあったのである。

もし、アメリカ国民やワシントンがドイツの処理と同じような強い関心で日本の戦後処理を見ていたならば、マッカーサーはあれほどの自由度をもって戦後日本の統治体制を築き上げることはできなかっただろう。

事実、終戦の六週間前のギャラップ調査においては、マッカーサーの思惑とは反対に、天皇を死刑か厳罰に処すべしという意見が七割に達していたのである。

かれらの目がヨーロッパに向いている間隙をつくかたちで、GHQは思い通りの復興計画を実行することができたと言えるだろう。

もし、GHQ内部に、マッカーサーに強い影響を与えた日本通の軍事秘書官フェラーズやケーディスをはじめとするニューディール・リベラルたちがいなければ、日本に理想的な民主主義を植えつけるというような理想主義が力を持つことはなかっただろう。

もし、日本国民が、天皇に対して軍人に抱いたような強い反感を持ったとすれば、革命が起きていた可能性もあっただろう。

実際のところ、敗戦後の日本国民は天皇制の存続をうんぬんするどころか、自分が生きていくことに精一杯の状態であった。

天皇制の維持は、これまでも伝えられてきたように、日本統治のための便宜的な選択であり、民主主義体制を作り上げていくためには、むしろその扱いに困るようなものだった。

しかし、実際のところ、マッカーサーは天皇制を維持し、同時に自分がその天皇制をもコントロールし得る絶対的な権力者として戦後日本に君臨したのであった。

天皇制は、戦後の統治体制が終わるまでは、まさに戦勝国によって利用されるために、その存続を許された受動的なシステムでしかなかったのである。

それゆえ、皇太子のご成婚は、日本人がもう一度、天皇制を選び直すという重要な意味を持ったのだ。それは、民間から皇太子妃を迎え入れ、これを国民全体が祝福することで、日本人たちは戦後初めて、新しい「天皇制民主主義」とでもいう自家撞着的ではあるが、魅力的でもある「不思議な民主主義」を自ら選びとった格好になった。

その「不思議な民主主義」の選択を、可視化した出来事が、テレビの普及であった。その五年後に行われることになる東京オリンピックは、この新生日本を世界にお披露目する機会であり、このときもまたテレビが大きな役割を果たしたのである。しかも、今度は、カラーテレビによって、目にも鮮やかな、赤と白のコスチュームに身を包んだ選手団が、世界の先進国と、主観的には「同等」の場で、堂々と行進する場面を、日本人全体が確認することになったわけである。

現実的には、六〇年の安保条約において、日本がアメリカの従属的なポジションを容認し、固定化することになったという事実があったが、経済成長の途上にあった日本人はそういった事実をつきつめることを自らに禁ずるように、ただ、自分たちが見たい日本の姿を、東京オリンピックの画面の中に見たのであった。

考えてみれば、テレビというメディアは、それが最初に登場したときが、絶頂のときであった。

もうひとつの物語

ご成婚の祝賀ムードの中で、日本人は戦後が終わったことを実感していたはずである。そして、東京オリンピックにおいて、日本がもう一度世界のひのき舞台に立つことができたことを喜んだ。

しかし、それだけでは日本人の敗戦のコンプレックスは消しようもなかったともいえる。

たしかに、朝鮮戦争のころより日本経済は飛躍的に発展を遂げ、高度経済成長の波に乗り始めてはいた。とはいえ、高度経済成長とはまさに、成長ののり代《しろ》が大きい分だけ、未成熟であり、発展途上段階であったことを示している。実際のところ、「安かろう、悪かろう」というのが、日本製品に対する世界の評価であり、日本は政治的にも、経済的にも、まだ西欧先進国に対して大きなビハインドを負っていた。日本人にとってはまだ西欧先進国にキャッチアップすることが課題であったわけである。そのことは、日本人の精神にも大きな影を落としている。戦争で負けて、経済でも、政治でも、そして見た目でも海外の先進国家に見劣りしている日本人にとっては、ご成婚やオリンピックとは別に、もうひとつの物語が必要であった。

敢えて言えば、それは完膚なきまでの敗戦を経験した日本が、戦勝国に対して復讐するという分かりやすい物語である。

そこに、登場してきたのが力道山という相撲上がりのレスラーであった。

力道山は、アメリカではどちらかといえば三流のスポーツであり、エンターテイメントであったプロレスリングを日本に輸入し、その四角いリングの上で、敗戦国日本がアメリカに復讐するという物語を作り上げていったのである。

実際には、当時アメリカのリングにおいては、日本人レスラーはヒール（悪役）であり、その風貌も、名前も、アメリカ人にとっては憎き帝国軍人を思わせる、トーゴーやトージョーであった。そして、かれらは反則技を駆使してアメリカ人レスラーを追い詰めるが、最後にはベビー・フェイス（善玉）のハンサムボーイに打ちのめされるという筋書きが主流であった。

アメリカ人にとって、プロレスは自分たちの戦史の戯画であり、何度でも反復可能な勧善懲悪の物語であった。

この屈折した物語と、当時のアメリカ人社会との関係については、ほとんど研究されてはいないが、興味深い論件だと思う。

力道山は、このアメリカ人が作ったプロレスの筋書きをそのまま反転させたのである。鬼のような風貌で反則技を繰り返すアメリカ人レスラーを、最後に力道山という神がかったレスラーが出てきて、伝家の宝刀である空手チョップで叩きのめすという筋書きに仕立て直してみせたのだ。

日本は、民主的先進国のアメリカに負けたのではない。卑怯なアメリカ人に蹂躙《じゅうりん》されたのだという物語は、日本の民衆にとっては受け入れやすい物語だった。

この力道山の興業センスには傑出したものがあると誰もが認めざるを得ないだろう。小さな日本人が、巨漢のアメリカ人を最後の最後になぎ倒すというストーリーは、日本人が精神の奥底で渇望していたものを刺激し、日本人を熱狂させた。

「耐えがたきを耐え、忍びがたきを忍んで」いたが、最後の最後に、怒りが爆発し、自分を犠牲にしてでも正義の鉄槌を下すという、忠臣蔵的エートスを、プロレスリングの四角いリングの上で描き出したのである。

一九五四年、ベン・シャープ、マイク・シャープという兄弟レスラーが、世界タッグチャンピオンとして来日し、力道山と柔道の木村政彦のタッグが迎え撃った試合は、日本テレビと、NHKで実況され、新橋や蒲田駅の街頭テレビの前に人々は群がった。シャープ兄弟は、実際にはカナダ人であったが、日本人から見ればカナダ人もアメリカ人も同じであり、敵国人であった。

この試合以後、猛烈なプロレスブームが起こり、以後日本テレビでは金曜日の夜八時にプロレスを中継するようになった。

金曜日の夜八時ともなれば、界隈《かいわい》の青年団、悪ガキが大挙して我が家に押し寄せ、工場の二階の六畳間は小さな劇場に変わった。

プロレスは本来の意味でのスポーツではない。かといって完全に演出されたショーでもない。この虚実皮膜のエンターテイメントが、多くの日本人が当時持っていた劣等意識に火をつける結果になった。日本人たちは、それが、虚構と知りつつも、この復讐劇によって一瞬の優越感を取り戻し、愉悦の時間を楽しんだのである。

さて、話は少し変わるのだが、その頃、とてつもなく強いレスラーがアメリカからやってきた。ミスター・アトミックという覆面レスラーである。ヒロシマでの原爆投下を嘲笑うようなその命名は、ひたすら、日本人の敵意を掻き立て、日本の若手のレスラーが束になってもこの「悪漢」を押さえつけることができなかった。日系のヒールである、ミスター・トージョー、グレート東郷が、真珠湾攻撃という悪夢を思い起こさせることでアメリカ人の憎悪を掻き立てたように、ミスター・アトミックは広島、長崎の惨事を思い出させることで、日本人の憎悪を掻き立てる役回りだった。

そのアトミックだが、後に彗星のごとく現れる天才レスラー、ザ・デストロイヤーの印象が強すぎて、今ではほとんどその活躍の痕跡を残していないのだが、わたしには奇妙に印象深く、その名前は記憶の底に深く刻まれている。

アトミックは、覆面レスラーのはしりであった。日本人レスラーはことごとく、このおどろおどろしい覆面レスラーになぎ倒された。たまに、優勢をとっても、覆面の下に仕込まれたビールの王冠による凶器頭突き一発で、失神させられてしまった。

しかし、「悪漢」は最後には退治されなければならない。

この「悪漢」がどのタイミングで、いつ退治されるのかということも力道山は巧みに計算していた。

立ち向かう日本人レスラーがことごとく跳ね返され、もう誰もこの男に勝つことはできないときであり、同時に、そろそろ「悪漢」の賞味期限が切れかかっているときである。

そこに、ひとりのヒーローが登場して、場面を切り替えてくれるはずだという期待が高まる。

寺山修司の言葉を借りれば、当時の日本は「ヒーローを必要とした時代」であった。日本人が必要としたヒーローとして、力道山は名乗り出たのである。

朝鮮名、金信洛《キムシルラク》という、このひとの出自が明らかになったのは、死後数年を経て日本がヒーローを必要としない時代が訪れたからだと思う。

この力道山が、絶妙のタイミングでアトミックの覆面を剝《は》いだのである。このときわたしは、見てはいけないものを覗き見てしまったような、異様な背徳感と高揚感を味わったものである。驚いたことに、無双無敵の悪役外人レスラーの素顔は、頭の薄くなった初老の、風体の上がらぬ男であり、それまで憎らしいほどに四肢に盛り上がっていた筋肉も、覆面を剝ぎ取られるやいなや贅肉にしか見えなくなってしまったのだ。

一体わたしは何を見ていたのだろう。あえなくアトミックは敗れ、以後リングからフェードアウトする。

覆面を剝がされたミスター・アトミックはその後どうなったのだろう。

三つ目の物語

世の中には、今でも覆面をかぶった強者や邪悪が跋扈《ばっこ》していると思うことがある。この覆面を剝いでしまえば、案外善良な隣人であったなんてことになるのだろうか。

プロレスといえば、もうひとり忘れがたいレスラーがいた。名前はキラー・コワルスキー。殺人狂とか、死神と呼ばれた長身、痩軀《そうく》のレスラーで、得意技はロープ最上段から、相手の顔面や腹部に膝から落下するニードロップである。

プロレスブームが少し下り坂になった頃、力道山はもうひとつの物語を作る。それは世界各国からつわものを集めて、世界一を決定するという「ワールドリーグ戦」である。一九五九年の第一回大会から、十四回にわたって開催されたこのワールドリーグ戦を、当時九歳だったわたしは、固唾《かたず》を呑んで観ていた記憶がある。

このワールドリーグで、第一回から第五回までの優勝者が力道山で、第五回の決勝の相手がキラー・コワルスキーであった。

第五回の力道山の優勝の年の暮、力道山は遊興中の赤坂のナイトクラブで刺され、あっけなく死亡してしまう。

コワルスキーは、ポーランド系のカナダ人であったが、ワールドリーグでは、ポーランド代表だった。いや、コワルスキーだけではなく、ほとんどのレスラーはアメリカ人であったが、それぞれのルーツによってロシア代表だったり、ドイツ代表だったりして、オープニングには各国の国旗を描いた襷《たすき》をかけてリングに登場したのである。

そのコワルスキーと力道山の決勝の試合で、解説者がコワルスキーの伝説について語っていた。コワルスキーは肉が食べられないので痩せているということであった。肉が食べられなくなった理由は、得意技のニードロップで、相手選手の耳をそぎ落としてしまい、以後肉を見るとそのときの光景が蘇ってくるために、二度と肉を口にすることができなくなったということであった。

このエピソードの効果は抜群であった。

わたしは、相手をマットに這わせた後で、トップロープによじ登るコワルスキーを見ると、これから何が起きてしまうのかとはらはらした。

実際には、この耳削ぎ事件は事故だった。試合中に、シューズの紐が相手選手の耳にかかって、相手の耳がそげ落ちてしまったのである。その後、コワルスキーは、相手を見舞い、以後の長い間、この事故のことを気に病んでいたという。

この事故で肉が食べられなくなったというのは、梶原一騎の創作だった。

実際には、コワルスキーは、もともと菜食主義者であり、いつも健康に気を遣い、周囲にも心配りをする心優しい人柄であったという。

ところで、力道山は、敵国アメリカに対するコンプレックスを題材にして、ひとつの勧善懲悪の物語を作り大成功した。これは、皇太子ご成婚とならんで、日本民衆が選びとった二つ目の物語であった。力道山は、さらに三つ目の物語を作ろうとしていた。

それは、まさに戦争によっては実現しなかった、五族協和、八紘一宇を、リングの上で実現する物語であり、それがワールドリーグであった。

しかし、実際には力道山はその道半ばにして、暴漢とのトラブルで死んでしまったのである。最強のヒーローが、チンピラに刺されて死んでしまうという、最もチープな物語を自ら演じることになってしまったのである。

力道山の死後、プロレスはジャイアント馬場の時代へと変わり、安定した娯楽として茶の間に定着していったが、かつてのような、しびれるような興奮は二度と戻ってこなかったといってよいと思う。

誰もが、プロレスは虚構であることを知っていて、純粋にその娯楽性と、プロフェッショナルな技を楽しんでいるように見えた。高度経済成長とそれに続く安定成長が、日本人の現実の世界に、娯楽を楽しむ余裕をもたらしたのである。

もはや、キラー・コワルスキーが纏《まと》っていたようなおどろおどろしい伝説も不要になり、現実を現実として見ることができるようになったということなのだろうか。

実際のところはよく分からない。

ただ、力道山が死に、翌年の東京オリンピックが成功裏に終わって、ようやく日本に物語を必要とする時代が、終わりを告げたとは言えるのかもしれない。

そして、それは日本の戦後が終わったということでもあった。

いや、後に少壮気鋭の政治学者である白井聡が指摘するように、日本は政治的には対米従属しながら、そのことを顕在化しようとせずにひたすら経済発展だけを追い続けた（『永続敗戦論』太田出版、二〇一三）。その姿は、あたかも悲しい過去を忘れ去ろうとがむしゃらに働くドラマの中の労働者を連想させる。

敗戦と対米従属という二重のトラウマは、高度経済成長に続く経済発展によって日本人の意識の深層に沈められた。そのとき、力道山が作った物語も賞味期限を終えたのである。

7 人も歩けば

隣町探偵団縁起

介護をしていた母親が亡くなり、後を追うように父親も逝ってしまった後、わたしは「さて、これからどうしようか」と思案した。というのも、老いた両親の介護のために、数年前より池上線沿いにある実家に「単身赴任」しており、父母のいなくなった実家に留まる理由がなくなったのである。介護は二年間におよんだために、わたしは本や、事務用品、洋服、ベッドなど自分の生活用品と仕事のための品々を全て実家に運び込んでしまっていた。その量は膨大に膨れ上がっており、そのまま家族の住む自分の家に持ち帰れる限度をはるかに超えてしまっていた。

しばらくは、誰もいなくなった実家で独り暮らしをしていたが、わたしが出かけている日中、誰もいない家にはネズミが跋扈し、仕事を終えて帰宅して二階の部屋に上がろうとすると、階段で思わずネズミと鉢合わせすることもあった。

わたしも驚いたが、敵も驚いた様子で長い尻尾をパタパタと階段に打ちつけながら部屋の奥へと逃げ込んでいった。

新たな訪問者もあった。シロアリである。ある日、掃除をしていて、大きな机を移動したら、その背後の柱がスカスカになっていることに気がついた。父母の死とともに、築六十年の家も、寿命を終えようとしていたのかもしれない。

親類の大工に相談したら、倒壊の危険もある、修理にはお金がかかるし、どうせ引き払うなら早いところ家を出た方がよいということであった。

妻は、等々力《とどろき》にあるマンションに戻ればいいではないかと言ってくれたが、知らず知らずに増えてしまった本や衣類は、家族三人のマンションには入りそうにもなかった。

かといって倒壊した家屋で、本の下敷きになり、それを見た宿敵のネズミが凱歌を上げている姿を想像するのは癪《しゃく》にさわる。

どうしたものかと思案しながら歩いていたときに、最寄りの久が原駅前の不動産屋の壁に、隣町の御嶽山《おんたけさん》駅にあるアパートの間取りが貼り出されてるのが目にとまった。とりあえずは、そこに荷物を運びこんで急場をしのぐことに決めた。

御嶽山とは言っても、古木鬱蒼たる山深いところではない。環状八号線と、中原街道が交わる場所にあるひっそりとした町である。

御嶽山神社という古い神社があり、その境内に縁起を記した看板がある。

「その昔、神奈川県津久井村の治兵衛という男が、埼玉県与野に移って「下化衆生《げけしゆじよう》」の本願を叶えようと出家した。仏門修行の後、諸国を行脚し、木曾駒ケ岳から御嶽に辿り着く。柴の庵を結んで不動滝に打たれて水行をおこなっていたが、ある夜、御嶽三社の大神たちがあらわれた。すぐに下山して、世間大衆の苦悩を救いなさい、都を去る三里のところが、お前の因縁の場所だと告げた。木曾の御嶽山を降りた治兵衛さんが修行した場所を祀る神社ができた」

わたしは、この町をすぐに好きになった。引っ越し先のアパートの門を出ると、隣が喫茶店、その隣が洋食屋、その隣が居酒屋である。細い路地だが、片側は鉄の網でできたフェンスに囲まれた開溝になっており、そこに東海道新幹線の軌道がある。軌道の先に視線を延ばしていくと、霊峰富士が正面に拝める。

晴れた朝、会社に出かけるときは、富士山に一礼して駅に向かう。

わたしは新しい町を毎日放浪した。実家から歩いて行ける距離にある隣町なのに、わたしは、この町のことをほとんど何も知らなかった。

その冬の、ひどく寒い日曜日、中学校の同級生二人に電話をして、「ちょっと、隣町を歩いてみないか」と誘った。その友人たちと、実家の西側の隣町である、武蔵新田を歩いてみた。そこには以前より興味があった新田遊郭跡がある。おおよその場所はつきとめたが、往時を偲ばせるどんな痕跡もなかった。武蔵新田駅から延びる旧鎌倉街道沿いを歩いていると、神社があった。神社の由来の立札を見て、わたしたち三人は思わず顔を見合わせた。

武蔵新田という名前は、物心がつく頃から馴染んだ地名である。こどもの頃はよく悪ガキたちの遊びのテリトリーにもなっている。武蔵新田とは、有名な新田義貞に由来する場所であり、新田神社はその義貞を祀った神社であると思っていた。

違っていた。この新田神社は義貞の子、新田義興《よしおき》を祀る神社であった。御嶽山といい、武蔵新田といい、自分の生まれ育った町の隣町を歩いていると、知らないことに頻繁に出くわすことになる。ひとつ何かが分かると、その分だけ分からないことが付け加わるという印象だった。学びの楽しさというものは、こういうことかと思った。学んでいるときは、自分が何を学んでいるのかが分からない。そして、学べば学ぶほど、等量の、いや、それ以上の分からないことが増えてくる。

学ぶとは何かを分かるために行うのではなく、分からないことを巡る旅のようなものであり、一巡りすると自分の目の前の風景が以前とは異なって見えるようになる。おそらくは、学ぶとはそういう経験のことなのだろう。

真冬の町を歩いていると、骨まで冷え切ってしまう。どこかで身体を温めようということになり、三人は銭湯に飛び込んだ。隣町の銭湯は見慣れぬかたちをしていた。四つある湯船のひとつに浸かりながら、還暦を過ぎた男たちは反省会を行った。

「俺たちは、実に何も知らないね」

「そうだな。隣町のことすらほとんど何も知らない」

「いいのかな、こんな風に自分たちの住んでいるところを知らないままで」

まあ、だいたいこんな話をし、湯から上がって着替えながら次回の隣町探偵の日程を決めたのである。以来、週末ともなるとわたしたちは、隣町の探偵に乗り出した。なんの目的もないし、もちろん規則もない。ただ、日中隣町の路地裏に迷い込み、知らないものとの不意の出会いを楽しむこと。それだけのことが大きな意味を持つことに徐々に気付き始めている。こうして、還暦男三人の隣町探偵団が結成された。「次のヤマはでかいぞ」。わたしたちは、次第に日曜探偵稼業にのめり込んでいったのである。

ディープな蒲田に巡り合う

小津安二郎の戦前の映画を観ていたら、強い既視感に襲われた。映画は『生まれてはみたけれど』という昭和七年（一九三二）四月二十二日公開の作品で、その年のキネマ旬報ベストワンに輝いたサイレント時代の名作である。

この作品では、何度も電車が画面を横切るシーンが登場するのだが、この風景がわたしの記憶を揺さぶったのである。電車は、池上線を撮ったものであるとの証言があった。しかし、わたしたちの直感は少し違っていた。確かに池上線のように見えるが、映り込んでいる風景は、わたしたちの知っている池上線沿線のものとは違う感じがする。まあ、八十年前の風景なので、今とは違っていて当然なのだが、それでも町並みが発散するにおいが、どこかもう少し場末の感じがするのである。

ひょっとしたら、これは池上線ではなくて、目蒲線なのではないか。

目蒲線とは、目黒と蒲田を結んでいた路線で、現在はなくなっている。五反田と蒲田を結ぶ池上線と並行するように繋いでいた東急電鉄目蒲線は、中ほどの多摩川駅で分岐して、武蔵小杉方面へ延びる目黒線と、蒲田へ向かう東急多摩川線という二系統になった。

多摩川駅は、以前は、多摩川園前と言った。ここに遊園地があり、近隣の住人たちは、菊人形の展示や、お化け屋敷を楽しんだ。

こんな不思議な雰囲気のある遊園地は、もうほとんどどこにも残っていない。浅草寺の裏手にある「花やしき」には、わずかに「多摩川園」の風情が残っているが、何といっても周囲景観に溶け込んで、いかにも下町の遊園地の風情がある。「多摩川園」の方は、隣に田園調布駅を控えているのに、周囲の住宅地とは全く異なった空気を醸し出しており、独特の「取り残された感」を漂わせていたのである。

話を戻そう。

果たして、小津安二郎の名作『生まれてはみたけれど』の中に頻繁に登場する電車は、池上線なのか、目蒲線なのか。

わたしたちは、映画撮影のカメラの位置をシーケンスごとに特定する作業を開始した。それはまさに、隣町探偵の仕事だった。

結論を言えば、映画の中では、池上線も目蒲線も、どちらも頻繁に登場していた。面白いのは、主役の家族の家のロケ地は池上線沿線なのに、ストーリー上は目蒲線の武蔵新田付近に想定されていたことであった。

わたしたちは、探偵仕事の最中に、映画撮影のトリックに翻弄され続けた。小津は、後年わたしたちのような素人探偵に尻尾を摑《つか》ませないために、場所がすぐに特定されるような駅や寺院などは、画面からあらかじめ排除しているのではないかと疑うほど、場所の特定は難しかった。

考えてみれば、映画はフィクションであり、どこにでもあって、どこにもない架空の町が選ばれるのはむしろ自然のことであった。

ただ、この映画のロケ地探索の過程で、わたしたちは本筋とは違うもうひとつの鉱脈に突き当たることになった。

それは、蒲田の地に今では考えられないようなユートピア的な田園都市構想があり、実際にそのモデルとなる会社やコミュニティーが存在していたということであった。

映画の中で、最初にこどもたちが遊んでいる原っぱは、現在のＪＲ操車場前の住宅密集地のあたりなのだが、そこにはかつては日本を代表する企業群が、理想的なコミュニティーを作り上げようと、モダンな工場を作り、周囲に、教会や集会所、テニスコート、花畑、社員住宅を配したのだった。中心は、和文タイプライターの黒澤工業、陶器の大倉陶園、ガラス器の各務《かがみ》クリスタルといった会社で、クリスチャンであった黒澤貞次郎を中心に、ハワード（イギリスの社会改良家）の田園都市構想や、アメリカのプルマン鉄道会社が作った企業コミュニティーなどを参考にして、蒲田の地に企業コミュニティーを作ったのである。蒲田駅の東口には松竹蒲田撮影所があり、近隣には新潟鉄工所や書店の三省堂もあって、戦前蒲田はモダン東京の中心地でもあった。

わたしたち隣町探偵は、自分たちの隣町である蒲田に、このような輝かしい歴史があることを知り、映画のロケ地探訪は、次第に、戦前の創業者群像の追跡へと、その興味の中心を移していったのだった。

映画の中にあった、テニスコートのある豪邸が、一体どこにあったのかについては、なかなかその所在が摑めなかった。結論から言えば、それは田園調布の瀟洒《しょうしゃ》な邸宅がモデルになっていたということなのだが、当初は大倉陶園の庭にあったゲストハウスのような建物がその舞台になったのではないかとあたりをつけていた。わたしたちは、大倉陶園の本社が横浜市戸塚にあると聞き、会社を訪ねて八十年前の様子を取材した。

映画が製作された当時も花畑に囲まれた美しい工場だった大倉陶園の一部は、ほとんど当時のままで戸塚に移築されたとのことであった。

工場は、現代ではほとんど見ることのないバラの生け垣の中にあった。白く塗られた木造平屋部分の建屋は、学校のようでもあり、教会のようでもあった。

取材を終えて、商品展示室に案内されたわたしたちは、そこでＩＮＡＸ、ＴＯＴＯや日本碍子《にほんがいし》の元になった、大倉陶園の創業者である大倉和親の父親で、蒲田田園都市コミュニティーに尽力した大倉孫兵衛の手になる揮毫《きごう》と対面した。そこには、「他に迷惑を掛けぬ独業でなければ道楽はできない」「道楽でなければ良いものよりもさらに良いものは作れない」の文字があった。

道楽かと、わたしは妙に感心してしまった。

それは、この時代の創業者が持っていた、矜持《きょうじ》なのかもしれない。

かれらは、お金儲けのためにとは、口が裂けても言えなかった。そこに、独特の商いの倫理があった。お金のためではない、大切なことを自分たちはしているのだという、矜持があった。

8　「弱きもの」を中心に抱える社会の強さについて

タオンガ

わたしは、世代論というものを好まないし、あまり信じてもいないのだが、それでも体験の共有が、お互いの理解を深める上で大きな要素となることは疑いがない。ここで言う体験の共有とは、頭で考えたことではなく、身体で感じたことを共有しているという意味である。

先日わたしが参加したあるシンポジウムで、作家の高橋源一郎さんがイギリスで見学したホスピスに関する話をされた。その中で、弱者をその中心に抱える社会というものが、思いのほか明るかったことに衝撃を受けたというくだりに、はっとすることがあった。

弱者をその中心に抱えるとはどういうことなのか。

もちろん、ハンディキャップを負った人や、老人、病人を抱え込んだ共同体ということだろうが、有料の施設ではなく、人々の日常生活の中にこのようなアイデアを実現してゆくなんていうことができるのだろうか。

わたしは、同時代人でもある高橋さんの話を聞きながら、自分の介護の体験を思い出していた。

ある年代以上のものにとっては、介護は共通の問題である。

わたしが、自分の介護を綴った『俺に似たひと』を出版すると、同じような体験をした方々から、たくさんの共感のお手紙をいただいた。

わたしは、それまでにも何冊かの本を執筆出版していたが、この本の反響はそれらのものとは明らかに違うものがあった。

お手紙の文面には、介護の心理的葛藤と、労苦の日々を体験したものだけが感じる、同じ苦労を分かち合ったものへの共感が滲《にじ》み出ていた。

ちょっとうまく言葉にできないような、複雑な感覚なのだが、それは単に苦労に対する共感というもの以上の、共通の時間を分かつというような不思議な連帯意識であった。

わたしの場合、要介護5という最も重篤《じゅうとく》な介護状況にあった父親との日々は、まさに格闘といってもよいものであった。

それでも、わたしは、父親の食事を作り、排尿排便の世話をし、風呂に入れて体を洗ったり、入れ歯の掃除をしたり、髪の毛を切ったりしながら、それらのことを、時に新鮮に感じさえしていたのである。

今考えてみると、それらのこと全ては、自分のためにしている行為ではなく、もっぱら「弱きもの」である、老いた父親のためにしていることであった。それは、それまでのわたしの人生ではほとんど体験してこなかったことでもあった。

わたしは、あのとき、なぜあれほど熱心に毎晩料理をこしらえ、洗濯をし、父親を風呂に入れ、排便の手伝いをし続けられたのだろうか。

しかし、もっと意外だったのは、父親が逝ったあと、全く自分で料理を作ろうという気持ちが湧いてこないということであった。その事実に、わたしは考え込んでしまった。

自分の経験から、わたしは何を学ぶべきなのかと。

ひとは誰しも、自分で思うほど、自分のために生きているわけではない。

これが、わたしが到達した結論なのだが、このことを、わたしの身体が理解するためには、二年間におよぶ介護の日々が必要であったということである。いや、そういうことが理解できるためには、還暦までの長い人生の経験が必要だったということかもしれない。

わたしが作る料理を食べてくれるひとがいるということ、わたしが作る料理を喜んでくれるひとがいるということ、そしてそのひとは、わたしを待ってくれているということ。

そのことが、わたしに不思議な力を与えてくれたのだろう。わたしは、誰もそれを命じなくとも、料理を作らなければならないという「義務感」によって突き動かされていたのである。

ひとは誰しも、自分を必要とする他者のために生きるときに、パフォーマンスが最大化する。

なんだか、書いていて気恥ずかしいのだが、このときの経験を言葉にするならば、そう言う他はないのであり、身内に「弱きもの」を抱え込んで生活するということは、その「弱きもの」の周囲にこの不思議な力が結集するということであった。

不思議な力と書いたのだが、それをどのように名指したらよいのか、わたしにはまだ分からなかった。


ちょうどそのころ、わたしは池袋にあるビジネス大学院で教鞭をとることになった。わたしの担当は「コーポレートフィロソフィー」「株式会社論」「日本経済史」の三つのコマであった。わたしは、授業で使えそうな本を読み漁った。

そのときに、昔出会って、当時はよく理解できなかった一冊の書物を読み返した。そこには、未開の部族の間で行われている民族誌的な風習についての不思議な記述があふれていた。

「わたし」は、「あなた」からタオンガを贈られる。そして、その「タオンガ」を「他のひと」に贈る。「他のひと」はわたしにタオンガを贈り返してくる。そして、「わたし」は「あなた」にタオンガを贈り返さねばならない。「わたし」がこの二つ目のタオンガを自分のためにしまっておこうものなら、ひどい災難、死さえもが「わたし」にやってくる。

およそ、こんなことが書かれている。

一体タオンガとは何だろう。何度読み返しても、頭ではよく理解できないことが書かれている。

それでも、わたしは、自分の経験を通じて、わたしが自分の父親にしている行為と、このタオンガを巡る物語は同じだという感覚に導かれていった。

書物の名は『贈与論』。

わたしが名指すことができなかった不思議な力、それこそが贈与の秘密なのであり、現代人であるわたしたちは「弱きもの」を抱え込むことによって、はじめて、原初的な贈与が立ちあがってくる現場に遭遇するのかもしれなかった。

交換経済と贈与経済

貨幣が発明されて以来、わたしたちの経済の中心には「等価交換」という価値観が居座るようになった。貨幣は、モノの価値の尺度でもあり、他の等価のモノとの交換を媒介する道具でもあり、同時にそれ自体が価値としての仏神性を備え、万能の力を発揮するようになったわけである。

貨幣が作る交換経済の仕組みは、世界を劇的に変化させた。

貨幣以前の世界では、モノとはほとんどの場合、自然から与えられた贈与であり、それらは人間が生きるために消費されていった。人間は、自分が消費する分だけ収穫し、剰余は保管されるか、他の消費物と交換されたが、全てのモノには消費期限があり、期限が過ぎれば廃棄されるほかはなかった。

しかし、貨幣という、モノとしての価値を一切有さない価値物、つまりは交換価値だけの担い手が登場すると、人間はどんな剰余物でも、貨幣と交換することが可能になり、消費する必要がないときには、交換された貨幣は退蔵された。

ここに、はじめて消費期限を持たない価値が生まれたのである。

貨幣の出現により、自給自足は効率の悪い生産方式となり、分業が進み、それがまた一層、交換の頻度と速度を増加させた。

現代における経済とは、まさにこの交換の速度と頻度の関数としてあらわれる。

つまりそれは、システムの上に築かれた市場とほぼイコールのものとなり、市場の原理は、交換力の持ち主、つまりは富者と、交換性の乏しい貧者の格差をますます大きくしているように見える。

この貨幣交換が作る社会は、必然的に強者と弱者を生み出してしまうということである。つまり、弱者をその中心に抱え込むのではなく、弱者をその周縁に追いやる社会ができあがるということである。

日本経済は、新しい世紀に入ってから、人口減少と軌を一にして経済の成長を鈍化させている。日本のアポリア（困難）は、これまで交換経済の活発化によって成長してきた日本社会が、その必然として交換の活発化よりは定常的な交換を中心とした長寿国へと移行しつつあるということである。つまり、人口減少と、社会の高齢化によって、もはや活発な交換経済、すなわち経済成長は向こう半世紀にわたって望むべくもない状態になっていることを認めざるを得ない。

しかし、これまでの成長型の効率重視、生産性重視の価値観を変更して、定常的な社会へと価値観を転換すべきだとは誰も言わない。成長が鈍化した分だけ、効率を求めて、さらなる合理化が叫ばれるようになる。そうなると、これから日本にあふれ出す老人たちは、どうしたら生きていけるのかという切実な問題に晒《さら》されることになる。

日本社会全体が、定常型の成熟社会に移行すればよいと言うのは簡単だが、現実的には定常型の社会であるにもかかわらず、成長型、発展途上型を追い求めるちぐはぐな時代が続く可能性が濃厚である。

一体、この移行期的な混乱を、わたしたちはどのように切り抜けていくことができるのだろうか。

弱者が弱者を救済する仕組み

今のこの老齢化する社会について、思想家の鶴見俊輔が大変興味深いことを言っていた。ある雑誌の対談の中で、面白い時代になった、これからは、老人が老人のために働く時代だという意味のことをおっしゃっていたのだ。どの雑誌だったかは忘れてしまったが、鶴見さんらしいなと思ったものである。戦中派というのは、最悪の政治状況の中を潜り抜けて来たわけで、かれのような老練の学者から見れば、今の経済的不安などどれほどのものでもないのかもしれない。むしろ、政治が安定しておりさえすれば、経済的な苦境も、老人が老人のために働くという希望に変えることができる。

これから先の一世紀は、これまでプラスに働いてきた様々なことが、マイナスにしか働かなくなる可能性があり、その逆もまた起こり得るだろう。たとえば、科学技術の進歩というものも、これから先はこれまでのような産業発展のイノベーションによって利便性を向上させて、人間を幸福にしてきたということとは違って、遺伝子組み換え技術の進歩や、原子力といったものが人間を少しずつ不安にさせていくようにしか働かなくなる可能性がある。確かに、遺伝子組み換えによって、農業の効率化が図られ、そういった特許を持った企業は儲かるかもしれないが、自然の恵みをいただいて安心して食生活を営むことから少しずつずれていってしまうようにも思える。極端な例をあげれば、栄養さえ取れればよいとなれば、宇宙食のようなものばかり食べさせられるようになってしまうし、おいしさだけを追求すれば、怪しげな化学調味料や添加物にまみれた食材を口にするようになる。東京大阪間をどれほど速いスピードで結んだとして、人間はこれまで以上に仕事がはかどるかもしれないが、時間に追い立てられるような旅行や日帰り出張に翻弄されることになるのかもしれない。総じて、科学技術の進歩とは、効率化の追求であり、時間の短縮というテーマに向かってきたが、人間には人間固有の自然時間で生きるというリズムがあり、そのリズムを狂わすほどの時短技術の前では、人間は本来の姿を見失ってしまうのではないだろうか。つまり、自然と人間との共生関係に狂いが生じてくるということである。

わたしには、今の人口減少や、経済成長の鈍化という問題を、科学技術のイノベーションが解決するという楽観論よりは、老人が老人のために働くという鶴見俊輔の別の楽観論の方に一票を投じたいと思う。

今後、科学技術の発展が、必ずしも人間を幸せにはしないということの例を挙げたが、反対にこれまであまり顧みられることのなかったものの中に、将来のわたしたちの生存戦略のためのヒントが隠されている場合もある。

わたしは、その筆頭に銭湯を挙げたいと思う。

銭湯とは考えてみれば不思議な場所である。見ず知らずの人間が、生活の場を共有しているのである。わたしは、一日おきに会社の近くにある二つの銭湯に通っているのだが、そこでの体験は、他のどこでも体験できない種類のものである。

何度も銭湯通いをしていると、見ず知らず、素性も分からない他人なのだが、メンバーはほぼ固定されていることが分かってくる。杖をつきながら洗い場まで入ってくる老人、見事な刺青を背負った中年の男、赤ら顔ででっぷりと太ったおっさん。だが、そこでは相変わらず他人のままであるので、いわば顔見知りの他人なのである。

銭湯には銭湯の流儀がある。

洗い場に入ると、隅に風呂桶と腰かけが積んである。自分用のものを手にとってカランの前に腰かける。湯船に入る前に身体を洗い流す。シャンプーの泡などが飛び散らないように隣の客に気を遣いながらシャワーを使う。湯船に入るときに水道の水で薄めてもよいが、熱さに慣れたらすぐに蛇口を閉める。洗い場を出る前には、風呂桶と腰かけをきれいに洗い流して元あった場所にもどす。脱衣場に出る前に、身体に付いた水滴を手拭いでよく拭き取っておく。などなど、数え上げればきりがないほどの「銭湯の掟《おきて》」がある。

最近、たまに自分が経営している喫茶店にくる若い客を銭湯に誘うことがある。驚いたことに、銭湯の使い方についてよく知らない若者がいる。たとえば、洗い場を出るときに、カランの前に運んだ風呂桶と腰かけを放置したままにしている。

この、「銭湯の掟」は、いちいち箇条書きしていけばきりがないほどだが、銭湯とはどのような場であるのかを理解しているものにとっては、反芻しなくとも分かりきったことばかりである。

つまり、銭湯にあるものは全て、自分のモノであって自分のモノではない、あるいは自分のモノであって同時に他者のモノでもある。銭湯は、自分を含めた共同体の共有資本であり、それを次の世代にまで残していかなくてはならない大切なものなのである。だから、銭湯を利用するものは、この場が誰もが気持ちよく使えるように、長持ちするように配慮しながら利用するということになる。

簡単なことである。共有地においては、わたしたちは私有地にいるときより、少しだけ慎み深くなればよいだけの話である。

宇沢弘文の言葉を真似れば、銭湯はまさに共同体的共通資本であり、等価交換経済の埒外《らちがい》に存在していなければならない。

だから、銭湯の入浴料は、支払った等価物を手にするためのものではない。むしろ、共同体的共通資本を維持管理してゆくための、受益者たちによる贈与でもあるのだ。

今日、銭湯利用者は富裕層ではなく、一般庶民だろう。それも、若い人はあまり利用しておらず、主に年金暮らしのお年寄りが多い。昼間銭湯を利用してみればそれがよく分かる。

銭湯の開店時間は午後三時から四時ぐらいが多く、その前の時間には、お年寄り向けの体操教室や、趣味の集いに開放しているところもある。

昔から、貧乏人を助けるのは、貧乏人であるというのがわたしの体験的固定観念だが、銭湯の周辺には、あまり富裕層は多くはないようだ（邸宅や高級マンションには立派な風呂場があるだろうから、わざわざ銭湯は利用しない）。

わたしが通う銭湯では、杖をついて洗い場にまでやってくる客に、先客が手を貸し与えるという光景も見られる。

これからの高齢化社会においては、このような共同体的共通資本、つまりは社会的共通資本を地域の中に拠点として作っていく必要がある。

戦後しばらくは、老人介護や、弱者救済を家族が担っていたところがあるが、戦後七十年が経過して、日本型の権威主義的な大家族は核家族化してしまい、もはや自分たちの生活を守るだけで精一杯という状況になっている。

だからこそ、社会的共通資本といった場があれば、比較的元気な老人が、身体不自由な老人を助けるということが可能になる。

鶴見俊輔が言う、「老人が老人のために働く」とは、そういうことではないかと思うのである。

9 「くさい」ことの意味

四十年ぶりの登山

山男というわけでもないが、二十代の頃は、年に数回山登りをしていた。重たいリュックをかついで、丹沢の山を縦走したり、谷川岳の避難小屋で宿泊したり、北アルプスを縦走したりしたときの写真をときどき取り出しては、懐かしさに浸ることもある。

あれから、四十年。

写真を見て驚くのは、その景観の変化ではなく、自分自身の変化である。登山で、青息吐息、苦しくてしょうがないという記憶がないのは、当時は運動部に所属し、とにかくよく体を動かしていたので、腹回りにはぜい肉などこれっぽっちもなかったからだろう。体力に自信があったのだ。

ところが今はどうだ。長年の不摂生がたまり、見るも無残なぜい肉の塊のような腹を抱え、その分だけ尻の肉は落ち、手足の精悍な筋肉もどこかへ行ってしまったかのようである。

もう、かつてのような山歩きを楽しむことはできないかもしれない。

それでも、再び山に登ろうと思ったのは、癌治療がきっかけだった。

勤務している大学の検査で数値に異常を指摘され、精密検査をした。その結果、前立腺の癌が見つかり放射線照射とホルモン治療の合わせ技治療を行った。特に苦痛もなく癌はおさまったように見えた。癌というおどろおどろしい病名にしては、あっさりと治療は終了したという印象であった。しかし、ホルモン治療に関しては、その副作用というか当然の影響というか、わたしの身体には、かなり驚くべき変化があった。

まず最初にやってきたのは、ホットフラッシュという現象である。一日数回から十数回にわたり、とつぜん身体が熱くなって汗が噴き出してくるのである。

わたしの周囲に何人か、前立腺癌の治療を受けたものがおり、この副作用について話したことがあった。みな、一様にホルモン療法の及ぼす不思議な影響について語った。

「一番驚いたのは性欲が全く失せてしまったことだな」

「いや、ほんとに。俺は、テレビでラブシーンになると、なんだかとても嫌な感じになってさ。全く、人間はホルモンなんだと思ったよ」

還暦を過ぎて、前立腺癌の患者であるわたしたちは、ひとつの悟達《ごたつ》に至ったのだ。

人間は、自分の意思で生きているのではなく、ホルモンによって生かされている。これは、還暦を過ぎて知ることになった驚くべき事実であった。

そのころ、ちょっとした旅行のついでに、日光にある小さな山に登る機会があった。友人と二人であった。登る前は登山の経験者であるわたしは、友人にあれこれ薀蓄《うんちく》をたれていた。自分でも、低山ならまあ何とかなるだろうと高をくくっていた。いざ登り始めたら、脚はもつれ、胸が苦しくなり、汗は滝のように流れ出して、何度も何度も立ち止まって呼吸を整えなければならなかった。年若い友人の方は軽やかな足取りでわたしをどんどん引き離して、一気に山頂まで登り切ってしまった。

わたしは、自分の体力の衰えの激しさに驚いた。それが、治療のせいなのか、長年にわたる喫煙のせいなのか、それとも自堕落な生活がたたったのかは定かではない。しかし、幾分かは治療の影響があるに違いないと結論し、リハビリを兼ねて山登りを再開することにしたのである。めったなことでは反省しない性分だが、このときばかりは、このまま老いさらばえることに対する恐怖もあって、つくづく自らの生活を反省したのである。

それで、とにかく夏の間だけでも、毎週山に登ろうと決めた。いきなり高い山は無理だということで、休日になると丹沢や奥多摩の山にでかけていった。なんということのない低山だったが、登るたびに、ほぼ同年齢と思われる初老のアルピニストや、山ガールや、おばガールに追い抜かれ、言葉にならない屈辱感を味わった。

一体、俺の身体はどうなってしまったのか。

まずは、体力をつけなくてはいけないということで、近所にあるスポーツクラブに通うことにした。そこで、隔日でランニングマシンで汗をかいた。

トレーニングを重ねた後、いよいよ山小屋泊で三千メートル級の山を目指すことにした。選んだコースは八ヶ岳である。いきなり強行軍は無理だというので、二泊三日の日程で、赤岳鉱泉で一泊し、硫黄岳から横岳を経て赤岳手前の天望荘でもう一泊してから主峰を登るという南八ヶ岳縦走コースである。

これぐらいの日程ならなんとかなりそうだ。

麓《ふもと》に車を止めて、何時間も歩き、やっとの思いで硫黄岳に到達。一気に展望が開けた。

ああ、なんという清々しさ。これが山のアロマというものか。いや、山頂の空気は無臭であり、空気が旨いとは無臭であることだと知ったのである。もっとも、硫黄岳はその名のとおり微かな硫黄の香りが漂っていたのだが、それもまた隠し味というものであった。

ほんとうの山のアロマは別なところにあった。

おそらくは、山小屋というものを体験したことのないものには想像することができないだろう。雄大な山岳の中に佇む山小屋を写真で見るものは、一度は宿泊してみたいと思うかもしれない。さぞや、気持ちがいいんだろうな、と。

しかし、夏の山小屋は、汗と糞尿の香り漂うアロマ満載のねぐらなのである。映像は臭気まで写し取ることはできない。

以前、作家の関川夏央さんと映画『三丁目の夕日』について話し合ったことがあった。そのとき、関川さんが「まあ、よくできてはいるが、あの映画にはにおいがないからね」と言ったのを思い出す。関川さんが言ったにおいとは、サンマを焼くにおいだったり、腐った食物のにおいであったり、糞尿のにおいのことである。人間が住むところには必ず、こういったにおいがあった。

無臭が美臭であると感じるのは人間の勝手だが、山小屋に行けばにおいの原因は全て自分たち人間が作り出していることを思い知らされる。

都市生活者には、このにおいも、出汁《だし》の効いた雨水の風呂も無縁のものになっている。しかし、山に行けば、水洗もなければ、風呂に貯める水道水もないのである。山で最初に知るのは大自然だが、同時に自然としての自分の姿でもある。

不快な隣人

わたしは、大田区の町工場で育った。今でも、工場に漂う鉄の焼けるにおいや、油のにおいを嗅ぐと、昔日を思い起こして胸が熱くなることがある。昭和三十年代は、それぞれの町に、それぞれのにおいがあったのだ。工場の町には、機械油が発散するにおいがあり、八百屋や魚屋が並ぶ市場には、市場独特のにおいがあった。それは、生きものが発散するにおいであり、生きものが死んで腐っていくにおいでもあった。

そして、そういったにおいは、そこに住む住人の身体にも確実に移っていった。

においのあった時代、つまりは人間臭い時代には、においに対する感覚は、幾分かはその人間の出自を明かす指標でもあった。

そこに差別も生まれた。

かつて、詩人の岩田宏は、自分が育った町で、大好きだった朝鮮人の友達に向かって、仲間がはやし立てる「くさい　くさい　朝鮮　くさい」という言葉に合わせて口をぱくぱくさせた自分を回想し、胸が張り裂けるような気持ちになる。そして、それを思い出すたびに、餃子屋に駆けこみ、ニンニクをいっぱいに詰め込んだ餃子を食べたくなるという詩を書いたのである。

においが差別の最も特徴的な指標であることは、今も変わらない。

ツイッターの書き込みなどを見ていると、ときおり、若いひとが、電車の中で隣り合わせた老人の口のにおいが許せぬとか、汗のにおいがたまらないなどと書き込んでいるのを目にすることがある。本人たちに悪気があるわけでもないし、ことさらな差別の意識があるわけでもない。しかし、当人に差別の意識はなくとも、いや、そうであるがゆえに差別が社会的な害悪になる。差別の意識がなければ、当人にとってその行動をあらためるきっかけもないということになる。

岩田宏の友人たちがはやし立てたのも、そこに今日のヘイトスピーチのような政治的な差別意識があったわけではないだろう。あの詩にあったのは、無意識のうちに、差別する側に加担してしまったことに対する取り返しのつかない悔恨であり、自らへの嫌悪である。

そのあたりの論理を言葉にするのは易しいことではない。

多くの場合、差別的な言葉が吐かれるときに、本人たちが無自覚であるだけに、この問題はやっかいなものを含んでいる。

いや、それは他人事ではない。自分にも無自覚な差別意識というものが潜んでいることをわたしは知っている。

電車の中の少女たちが、老人の口臭や、汗のにおいに敏感であるのは、ほとんど身体反応だといってよい。おなじものは、わたしの中にもある。

口臭や、汗のにおいは、そのにおいを発散している人間が、治療をしたり、清潔にしたりすることで幾分かは改善することができる。強いにおいを発散させながら人ごみに混じることはエチケットに反するという意見もあるだろう。

こういった問題の前で、人間はそもそも誰でもにおいを持っているのであり、あらためてにおいを話題にすること自体が差別意識の表れであるというものもあるだろう。

わたしの意見は少し違う。

これは、問題の立て方が間違っている。

物理的、あるいは化学的な意味での体臭をどう感じるか、それを排斥したい気持ちになることをどうとらえるかということは、二者択一の問題ではなく、単に程度の問題なのだ。

無味無臭の食物がないように、無臭の人間はいない。だれでもが、幾分かの体臭を発散させながら生きている。

一方、ひとによって、においに敏感なものもいれば、あまり気にしないというものもある。もしも、においに敏感で、気持ちが悪くなるようであれば、そっとその場を離れればよいだけだし、自分が強烈なにおいを発散させていることを知っているならば、他者に不快な気持ちを抱かせないための配慮をすればよいだけである。

そういった問題には、においの指数がどのくらいならこうすべしといった基準があるわけではない。必要なのは、他者に対するお互いの配慮である。

現代という時代は、不快な隣人と共生しなくては生きてはいけない。孤島のロビンソン・クルーソーではないのだから、他者との共生は必須のことであり、自分の気に入った仲間たちとだけ生きていくというのであれば、世間を狭くするだけである。

あからさまにではないにせよ、世間は、差別する側につくのか、それとも差別を糾弾する側につくのかどちらかを選べと迫ってくる。わたしは、こういった問題を二者択一の問題にしてしまうことが、問題をさらにややこしくしてしまうと思うのである。

繰り返すが、二者択一の問題からは、不快な隣人とどうやって折り合いを付けながら生きていくのかという、より高次の問題が導かれない。わたしたちが、ほんとうに考えなくてはならないのは、不快な隣人と折り合いを付けていくための知恵の方である。

無自覚な差別意識は、いつも二者択一という問題系の中から出てくる。

敵か味方か。親日か反日か。自尊か自虐かという問題の立て方の中に、すでに差別意識が内包されているのである。

岩田宏の詩の中の「くさい　くさい　朝鮮　くさい」というはやし立ては、現実的なにおいについてのものではなかった。つまり、差別的な幻想が先行して存在しており、こどもたちは無邪気にその幻想に乗ってしまっただけである。

差別が先にあり、「くさい」は後付けされた差別指標なのだ。

詩人である岩田宏は、仲間内の差別的な幻想に乗ってしまった自己に対して、激しい自己処罰の気持ちを持った。

人種差別のあるところには、不快な隣人と折り合いをつけるという知恵が存在する余地がない。

一方で、人種差別に対抗するために、どんな人間とも仲良く付き合うべきだというのは、確かに美しいが、そういった道徳観だけで、差別がなくなるわけではない。いや、むしろ誰もが仲間であるべきだという道徳律は、必ず仲間でない外延を作り出す。アジアの誰もがひとつの家族であるという戦争期の日本の八紘一宇の思想が、アジアの友邦との間でどれだけ激しい憎悪を生み出したかを思い返してみればよい。

自分の知らないもの、出自の異なるもの、自分たちとは違うにおいを持つもの、自分とは異なる信仰を生きるもの、自分とは違うものに対して、無理にそれらを仲間だと思い込む必要はないし、そう思えと言う方に無理がある。多くの場合、異質なものに出会ったとき、ひとはそれを不快だと判断する。そこまではいい。そのときに、不快なものは排除するということではなく、不快な隣人といかにしたら共生していけるのかを考えるべきなのだ。

つまり、二者択一の問題から、程度の問題へと読み替える必要があるのだ。

言うは易しだが、なかなか難しい問題である。

老いた父親との和解

さて、ここから先は、少しばかり尾籠《びろう》な話になる。食事中なら読まれるのは別の機会にしてください。

不快な隣人との共生ということをわたしは、自らの現実からも学んできたように思う。二年にわたる父親との介護生活の中で、意識が混濁して、排泄《はいせつ》もままならなくなった父親はわたしにとって、まさに不快な隣人であった。

いや、隣人ではない、肉親じゃないかと言われるかもしれない。確かにそうだ。だが、わたしは、父親の排泄の介助をしながら、これがわたしの父親でなかったらどうだろうかと自問した。実際のところ、介護士たちは、肉親でもない老人の下の世話をなんということもなく行っているではないか。

職業倫理と言ってしまえば、それまでだが、かれ、もしくは彼女たちの多くは、自ら志願してこの職業に就いている場合が多いと聞く。そこには、単に不快な隣人たちとの共生という以上の、使命感のようなものを感じる。

一方で、そんな面倒なことはしないで済ませたい、あるいはお金で解決するなら解決しようということもあるだろう。

裕福になった日本の若者は、介護のような「汚れ仕事」はしなくなるだろうから、東南アジアからの移民を介護に仕向けていけばよいというような乱暴な考え方まで出てくる。

実際のところ、介護老人施設はお金さえ出せば、いくらでもいいところが見つかる。

わたしの場合には、そのお金がままならない状態にあったので、自分で介護するよりほかはなかったのである。

だから、わたしが、介護の問題をお金で解決しようとしないで、自ら進んで介護をしたと思われるのはちょっと違うと言わざるを得ない。

あのとき、わたしに十分な金銭的余裕があれば、わたしは父親を有料介護施設に入れただろうと思う。

わたしは、やむを得ず、在宅介護の道を選んだのだ。

そして、やむを得ず行ったことの中から、思わぬ楽しみが見つかり、予期せぬ発見をすることになった。

わたしは、それまで疎遠であり、不快な隣人でもあった父親と同居生活をすることになった。老人にとっては、排泄は大きな難関である。腸が活動しなくなっており、いつも便秘で苦しみ、最後は下痢になって、下着を汚してしまう。

一度、トイレの中で父親が唸《うな》っているところに遭遇した。どうしても、排便ができない。苦しくてしょうがないというのである。浣腸もしてみたが、どうにもならない。

苦しそうな父親を見て、わたしは決心し、肛門に手を突っ込んで、便を掻き出した。悪臭がトイレ一杯に広がり、息をするのもつらいような時間であった。

指先で腸の壁を探り、詰まっている最初の便を掻き出すと、その先にあった便が降りてきて、驚くほどの量の便が出てきたのである。

父親は最初は、恥ずかしそうにしていたのだが、途中からそんなことはどうでもいいから、早くこの苦境から救い出してくれという心境だったのではあるまいか。

便が出切ったときの、父親のすっきりとした顔は忘れられない。

そして、そのとき実はわたし自身も、しつこい便秘から解放されたときのような開放感を味わったのである。

以後、わたしは父親を風呂に入れるときに、何度か摘便をしてやった。

最初はずいぶんそのにおいに閉口したが、次第にそれが気にもならなくなっていったのである。

なるほど、こういう問題はほとんど、慣れの問題なのだと気付かされることになった。しかも、父親が苦しみから脱出するのを見るたびに、わたし自身がすっきりとした気分になったのである。

自分の知らないもの、出自の異なるもの、自分たちとは違うにおいを持つもの、自分とは異なる信仰を生きるもの、自分とは違うものと出会ったとき、多くのものは、最初はそれを不快なものと思うかもしれない。しかし、この場合の「差異」は、ほとんどの場合、慣れによって解消されていくのではないだろうか。

つまり、「差異」は畢竟《ひっきょう》するところ、人間の社会が作り出したものであり、その意味では程度の問題に過ぎないということだと、わたしは思うようになったのである。

10　嘘と夢

〈嘘〉

自分たちは、今どんな時代に生きているのか。その時代のただ中にいるものがそれを理解することは難しい。なぜなら、時代を理解するとは、その文脈を理解するということであり、文脈とは原因と結果の間に挟まれた時間の帯の全体が見渡せてはじめて読解可能なものだからである。

わたしたちの〈現在〉を、その〈現在〉そのものである言葉と、〈現在〉を特徴付けている価値観によって検証することの困難。

わたしたちは、時代を生きる当事者なのであって、当事者が同時に観察者になることはできるのだろうか。

おそらくは、政治であれ、経済であれ、それらのただ中にいるものが文脈を理解するには、その時代の外部、その空間の外部、その物語の外部に立ち位置を定めなければならない。

つまり、「第三の男」だけが、時代をよく観察することが可能になるというわけだ。

キャロル・リード監督の名作『第三の男』では、主人公の小説家（ジョゼフ・コットン）が、交通事故で死んだ親友（オーソン・ウェルズ）の死の真相を突き止めるために、四分割統治時代のウィーンの町を彷徨する。そこで、事故現場にいた第三の男の存在を聞き及ぶのだが、この映画のみそは、なかなか登場しない第三の男だけがこの映画の全てのストーリーを知っているということであり、その他の登場人物は結末を知らぬまま、物語の中を動き回るだけである。ここでは、観客も登場人物たちと同じ目線で、ウィーンの街角に立って、どこに転がり出すか分からない未来に息を殺している。第三の男とは、その場にいるはずがない男であり、いわば物語の外部にいる男なのである。

映画ではないが、観客が物語全体の文脈を知る「第三の男」になる場合もある。

狂言「附子《ぶす》」では、家を留守にしなければならない主人が、使用人である太郎冠者と、次郎冠者に対して、蜜を入れてある桶を猛毒だから注意しろと告げて外出する。使用人たちは、桶の中身が気になり、それを食してしまう。かれらは主人が、こういう場合にはいつだって嘘を言う人間であるということを知っていたのである。しかし、その嘘を見破ったのはよいとして、附子を食してしまったことを、どう言い訳したらよいのだろう。二人が思いついたのは、主人が大切にしていた茶碗や掛け軸をめちゃくちゃに壊してしまうことであった。帰ってきた主人が壊れた家財を見て、一体どうしたんだと聞くと、二人は「大切な茶碗や掛け軸を誤って壊してしまったので、附子を食べて死のうと思った」と言い訳する。

この場合、主人の方も何があったのかを見通している。つまり小僧たちはこういう場合にはいつだって嘘を言うということを知っているからである。

主人も小僧たちも、どちらも相手が嘘をつく人間であることはよく分かっている。だから相手の嘘は簡単に見破ることができる。しかし、相手の嘘は見破れるが、自分の嘘は見破られないだろうと思っているのである。どちらも、相手のことはよく見えるが、自分のことは見えてはいない。

ここに、双方の嘘を見破っている「第三の男」がいる。それが観客である。観客は、この劇は、嘘つき同士の嘘つき合戦であることを知りながら、嘘つきと嘘つきとの騙し合いを面白がっている。

こんなことを書いたのは、先頃の東京オリンピック招致プレゼンテーションでの安倍晋三首相の「フクシマについて、お案じの向きには、わたしから保証をいたします」「原発事故は完全にコントロールされている」という発言をどう解釈すべきかを考えたかったからである。わたしたちは、国際オリンピック委員会（ＩＯＣ）の委員たちと、各国の招致委員たちとのやりとりを、観客として見ていたわけである。わたしは、ニュース映像での首相のプレゼンテーションを見て、自分の耳を疑った。日本人の誰が見ても、原発事故がコントロールされていると言い難いのは明白だからである。

安倍晋三首相は、自分が万能の神にでもなったつもりなのだろうか。自分ができると言えば、必ずできると信じている、単なる狂信者なのだろうか。

ＩＯＣの委員は総理の言葉を信じたのだろうか。

いや、日本人は、この発言をどのような気持ちで聞いていたのか、わたしにはむしろそれが気になった。

映画『第三の男』の観客のように、役者たちも自分たちも実際に何が起きているのか、まだよく分からないし、嘘があるのかないのかも分からない状態におかれているのだろうか。それとも、狂言「附子」の観客のように、演者の嘘を見破ってそれらを楽しんでいるのだろうか。

多くの日本人たちは、安倍首相の言葉が嘘であることは知っているが、事故が起きた福島第一原子力発電所は、完全にコントロールされていると、こんな大舞台で明言したのだから、以後はきちんとやってくれるだろうと、期待したのではあるまいか。

まあ、これなら、嘘から出たまことということで、結構なことではあるのだけれど。

しかし、あれからもうだいぶ経つが、汚染水は漏れ続けたままであり、いつになったら終息するのかの目途すら立っていない状況である。

確かなことがひとつだけある。それは、安倍首相は、自らの発言が嘘であることを知っているということである（もし知らなかったとすれば、官邸周辺の知恵者によって、情報遮断されているか、あるいは精神に……。いやそれは考えたくもないことだ）。嘘も方便である。しかし、人間の世界には方便が通じることもあろうが、自然の前では嘘はどんな意味も持たないただの戯言でしかない。

〈夢〉

落語「芝浜」のオチは、悔悛《かいしゅん》した魚屋が、女房にすすめられて、それまでの断酒を解禁しようとして、口元まで杯を近づけたところで、「やめとこう。また夢になるといけねぇ」というもので、落語のオチとしてはまさに見本のように見事なものである。この話自体が、夢をモチーフにしており、その話の全体が、このオチで全てひとつのところへ収束するような構造になっている。

もう一度、「芝浜」の構造をおさらいしてみよう。

まず、ここのところツキもなく、すっかり怠け癖が付いてしまった主人公の魚勝と女房の登場。

女房はしぶる魚勝を促して、河岸《かし》へと送り出す。

魚勝は、女房がいつもよりも何時間か早く起こしたことをぼやきながら、海岸へ出て海水で顔を洗っているときに、水底に沈んでいる財布を見つける。

その財布には、当分働かなくとも食っていけるだけの大金が入っていた。

魚勝は近所の仲間を招いて飲み食いをし、そのまま眠りこけてしまう。

さて翌朝、女房は昨日と同じように魚勝に河岸に行けと促す。

魚勝は、昨日拾った大金があるから、もう働かなくともいいんだと主張する。

女房は、何寝言を言っているんだ。あんたは、昨日は河岸になど行っていない。海岸でお金を拾ったなんていうあさましい夢を見ていたんだよと「嘘」を言って泣く。

魚勝は、さすがに自分があさましい夢にまですがっていることを後悔する。

悔悛した魚勝は一心に働き、魚屋は軌道に乗る。

その年の大みそか、女房は嘘を告白して魚勝に酒をすすめる。

魚勝の「おう、久しぶりだな……。やめとこう、また夢になるといけねぇ」という台詞でこの落語は終わる。

夫婦の機微を描き出した人情ものだが、物語としても完璧な構成になっている落語である。大みそかに演じられることが多く、第九交響曲と並んで、一年を締めくくる定番的な出し物になっている。

この話のポイントは、嘘と夢。

女房の嘘が、魚勝の堕落を救い、魚勝はその嘘によって「一攫千金《いっかく》」の夢から覚める。女房の嘘は、魚勝を救い出したい一心から出た嘘で、もし、嘘をつかなければ魚勝は破滅したかもしれない。この嘘には、女房の真《まこと》があり、現実にあった財布を拾うという一攫千金を信じたい心には人生に対する嘘があるという教訓が隠されている。

落語から教訓を引き出すのは野暮だが、人生の真を描き出すために、嘘と夢という小道具を使ったところが、この落語を味わい深いものにしている。

どんな生活においても、嘘や夢があり、ひとは嘘や夢によって破滅もするが、それなしでは、その対極にある真実や現実のほんとうの意味を摑むことができない。

さて、唐突だが、日本の総人口は二〇〇五年に前後して、急激に減少をし続けている。それでも、政治家もビジネスマンも経済成長をと掛け声をあげている。わたしは、二〇一〇年に発表した本『移行期的混乱』（筑摩書房、二〇一〇／ちくま文庫）という本の中で、これから先、日本は当分の間、経済成長は望めないだろうと書いた。日本は、経済の定常化の中で、成長しなくともやっていける戦略を作るべきだと主張した。しかし、政治家は、経済成長戦略以外には、日本を救済する道はないと言い続け、何人かの経済学者はわたしの本を批判してきた。それに対して、わたしは経済成長を批判しているわけではなく、様々な現象を分析すれば、経済成長は難しいという認識について書いたのだと反論した。そして、経済成長は確かに、多くの問題を解決するかもしれないが、現在の日本において、経済成長は希望であって、正しい認識とは言えないのだと説明した。見たくない現実よりも、自分が見たい希望に依拠して生きているのだなと思ったのである。

誰でも、無意識的に自分を騙して生きている。

それは、誰もが、自分の見たいことを見、信じたいことを信じようとする傾向があるからだろう。

11　恋の不思議

少し前の朝日新聞で、哲学者の中山元さんが、生涯の一本の映画として『心の旅路』を取り上げていた。中山元さんといえば、コリン・ウィルソンや、フーコー、メルロ＝ポンティの翻訳者としても有名な方で、こういった哲学系のひとがどんな映画を取り上げているのか、興味津々であり、早速、購入して鑑賞してみた。

意外にも、『心の旅路』は、これぞ、恋愛映画のお手本というような見事な作品であった。

しかし、ただの恋愛映画だったら、中山元さんのような哲学者をして、生涯の一本と言わしめることはなかっただろう。

人間の思考の不思議な回路についての、興味深い洞察と深い眼差しが感じられ、そのことがこの映画に単なる恋愛ものとは異なる味わいを与えている。

あらすじはこうである。

主人公の男（ロナルド・コールマン）は、第一次世界大戦末期のフランス戦線で負傷し、記憶を失ってしまう。自分の名前すら思い出せず、男は自分の仮の名前をアラン・スミスとして病院に届け出る。収容された病院を脱出したスミスは、美しい踊り子ポーラと出会う。ここまでは、ボーイ・ミーツ・ガールの定石を踏まえている。もっとも、コールマン髭で有名になったロナルド・コールマンはボーイというには貫禄がありすぎる紳士である。こういうたたずまいの大人がする恋ってのもいい。踊り子役はグリア・ガースン。こちらも、ガールではなく色香漂う「いい女」である。

二人は、結婚しリバプールの郊外の家に移り住み、一子をもうける。実に幸福な時間が二人に流れる。だが、この幸福はいつまでも続かない。

スミスは小さな文章作品を書き、それが新聞社に受け入れられる。その採用の打ち合わせのために町に出たときに交通事故に遭ってしまう。

これが、次の物語の始まりである。怪我が癒えると、失われていた以前の記憶が戻っている。しかし、こんどは記憶喪失のときの幸福な三年間の記憶を失ってしまうのである。失われた三年間に繋がる唯一の鍵は、スミスが持っていたリバプール郊外の棲家の鍵である。観客はそれが何かを知っているが、映画の主人公はそれが何を示しているのか分からない。しかし、失われた三年間の秘密に繋がる鍵としてそれを大切に保持している。

以前の記憶を取り戻した男は、チャールズ・レーニアという大富豪の実業家であった。若手の実業家はめきめき頭角を現し、国会議員になるまで出世をする。新聞にも若き実業家の記事が載る。この記事を見て、かれのもとに、ひとりの有能な秘書がやってくる。

この秘書が画面に登場するまでの間、カメラは長回しで社長室の中をゆっくりとパンしていく。

意味ありげなカットである。

部屋のドアが開いたところで秘書が登場する。

その秘書こそ、蒸発した夫を新聞記事の中に発見し、スミスのもとへやってきたポーラである。

だが、三年間の記憶を失っている男(アラン・スミス=チャールズ・レーニア)は、彼女が以前の、自分の妻であることに気がつかない。ただ、有能な秘書として重用しているのである。大富豪で、若き政治家になった男は、妻を娶る必要に迫られ、最も信頼のできる有能な秘書を妻として迎えることにする。あくまでも、世間体を整えるためだけの、形式上の妻として。

そこから、事情を知らないチャールズと、苦悩するポーラの非対称的な関係が続いていく。ポーラは最愛の夫であるスミスと再び出会えて幸せになれるはずだが、実際に目の前にいるスミスは、以前のスミスではなく、実業家で政治家のチャールズなのだ。なんとか、以前のスミスに戻ってほしいと願うが、なかなかかなわない。

仕事でチャールズは、以前ポーラと出会った町に着く。ポーラは一計を案じて、スミスと訪れたことのあるホテルにかれを連れていくが、記憶は戻らない。

いくつかの曲折があり、チャールズは、以前ポーラと暮らしたリバプール郊外の家の前に立つことになる。ギーギーと鳴る木戸を開けると、大きな木があり、その木の枝が額にかかる。それを潜り抜けるように、家の門の前に立ったチャールズは、ポケットから鍵を出し、鍵穴に差し込んでみる。


ここから先は是非、映画をご覧いただきたい。

実際の人生には、この映画のようなことはめったに起こらない。

いや起こりっこないのだ。

それでも、観客は奇跡が起こることを期待する。

それは、これが恋の物語であるからである。

人間である以上、誰でも恋の経験はあるだろう。それが成就したにせよ、不発に終わったにせよ、時を経て熱病のような恋は、勘違いのような色褪せた経験に変わってしまう。経験は、恋なんてあてにならないことをわたしたちに何度も教えてくれている。

恋なんて、信ずるに足らない。人生にはもっと大切なことがある（そうかしら）。

いや、それでもひとは恋に恋焦がれるのである。

人間の賢さも愚かさも知り尽くした哲学者だって、恋をする。恋に恋をする。

考えてみれば、不思議なことだ。

それが、詩人であればなおさらだろう。

便所の窓の隙間から
マリの住む5号棟が見える
私のところは1号棟の606
マリは5号棟の606
全く妙な縁ですね
とマリのお父さんは結婚を許してくれていった
私は便所の電燈をつけておく
それは私が在宅して起きているというしるし
私はテレビの途中で
マリはまだ起きているかなと便所へ行って
マリの部屋の灯を見る
本を読みさして便所へ行って灯を見る
まだ起きてる
もう寝たな
それだけのことのために

何度もそんなことをする
人を好きになるなんて
おかしなことだ

（鈴木志郎康「便所の窓の隙間から」『新選鈴木志郎康詩集』所収、思潮社新選現代詩文庫、一九八〇）

映画に戻ろう。

この映画は確かによくできた恋愛映画であり、面白くもある。後日、友人を家に招いたときも、この映画の鑑賞会をした。都合何度か、この映画を観たことになるのだが、観ているうちに妙なことに気が付く。

二人の主人公の恋の行方については、映画を観ているものと、映画の中の主人公たちは同じ地平に立っている。つまり、将来のことは、どうなるかよく分からない。

しかし、この二人の背景については、観客の方が、主人公たちよりもよく知っている。つまり、観客は「神の視点」から二人の恋の道行を眺めているということになる。

暗い映画館の中で、一番見通しの利く場所にいるのが観客であり、その次がポーラであり、二度目の記憶喪失に陥ったスミスが、一番見通しの悪い場所に位置しているということになる。

もしも、かつてのフランスのヌーヴォー・ロマンの作家たちのように、「神の視点から描いてはならぬ」と自戒して、スミスの視点からこの映画を作ったらどんなものになったのだろうか。

ここから先は、映画を観ていないと、ちょっとややこしく分かりにくい話になるかもしれない。

最初の記憶喪失に陥ったときに、ひとりの女性と恋をした。二度目の記憶喪失に陥って、目の前に現れた女性には恋とは異なる感情を持った。この感情はかなり微妙で、ただ自分に都合よく利用した政略的関係とも見えるし、信頼感で結ばれていたとも見える。そして、あることがきっかけとなって、二度目の記憶喪失から回復したときに、この政略的関係が、再び恋愛感情に変わる。

おいおい、そんな都合のいい話ってあるのかと、誰でも思うだろう。

実際、この映画を大学院の授業で学生に見せたとき、男子学生は大感激したのだけれど、女子からは案外不評であった。

その理由が、なかなか分かりかねていたのだが、女子は、スミスの視点を内面化していたのかもしれない。

もし、スミスの記憶だけが問題を起こしているのであり、スミスの人間性に関しては記憶喪失の前後でも同一性を保持していると考えるならば、最初の恋人に、二度目に会ったときだって、同じように胸躍らせることになるはずではないのか。そうでないとすれば、最初の恋だって、所詮は偶然の産物であり、信ずるに足りないものでしかないということだ。

そして、もし、スミスの記憶だけではなく、人間性に関してまで同一性が失われ、記憶喪失の前後は全く別人なのだとすれば、ヌーヴォー・ロマン風の一人称映画であるならば、アラン・スミスと、チャールズ・レーニアという二人の主人公による二つの別々の物語が語られるということになる。しかも、この二つの話は、どこまで行っても交わることがない。

その場合アラン・スミスは二度生まれ変わるが、チャールズ・レーニアは二度死ぬことになる。それじゃ、映画にならないかもしれないが、何だかそういうプロットの映画も面白いんじゃないかと思えてきた。

恋も不思議だが、生きていることはもっと不思議だ。

12　足下の生活

　九月の連休の中日にあたる日曜日は、それまでの不順な天候が嘘のようによく晴れた穏やかな休日だった。この日は、東京のあちこちの小さな町で祭りが行われ、往来にひとが出て、神輿《みこし》が躍った。

　わたしの仕事場のある南東京の商店街の外れもお祭りだった。他所からの見物客が集まるような大きな祭りではない。一丁目と二丁目で、それぞれ一基ずつの神輿。町内会の寄付で運営され、町内の人々だけが参加する小さな祭りである。

　今年の春先、わたしはこの地に中学校の仲間たちと喫茶店を作った。還暦を過ぎた仲間たちが集まれる場所が欲しかった。道を挟んだ向かいは病院で、養老院も兼ねている。祭りの当日、病院の前には二十台ほどの車椅子が並び、神輿の到着を待っていた。喫茶店の外が騒がしくなってきたので、わたしは食器洗いの手を休め「今から少しの間、業務は休止します」と店内にアナウンスして、喫茶店のドアを開けた。

タイミングよく神輿が店の前に近づいてきて、一斉に歓声が上がった。人垣で、向かいの車椅子で見学していたご老人の様子は見えなかったが、歓声を上げ拍手をしている様子が伝わってきた。

実家を出て三十余年、わたしは渋谷や秋葉原という大都会の真ん中で寸暇《すんか》を惜しんで仕事をし、休日はマンションで寝ているか、車を転がして郊外へ息抜きに出かけるような生活を続けていた。その間、今自分がいるような小さな町で、老若男女が祭りを楽しむ光景が続いていたことを忘れていた。

脚下照顧《きゃっかしょうこ》。自分の足下を見つめよという禅家の言葉だが、喫茶店の横を通り過ぎる神輿と、それを見るために並んだ車椅子を見ていて、見るべきものを見てこなかった自分を少しばかり責めたい気持ちになった。

国民国家の賞味期限

数日後、新聞を開くとそこに、スコットランド独立に向けての住民投票のニュースが出ていた。一時、独立派が過半数を超えたとの情報が出て、俄《にわ》かに独立劇が現実味を帯びた。結果的には独立反対派による反転攻勢、イギリス政府によるキャンペーンなどにより独立案は否決されたが、このニュースの持つ意味は小さくはない。

北海油田の利権をイギリスに奪われていることへの不満や、ロンドン一極集中という中央と地方の格差への不満などが独立派を動かしていると伝えられているが、わたしが注目するのは、独立を志向するスコットランド国民党が、貧困層への福祉政策や、教育の無償化などを求めているという点である。これはマーガレット・サッチャーが行った小さな政府、福祉縮小、民営化推進というサッチャリズムへの批判であるとともに、当今のグローバリズム的な潮流に対するアンチテーゼの提案でもある。

わたしは、これまでいくつかの著作で、グローバリゼーションとグローバリズムは違うものだということを書いてきた。グローバリゼーションは産業革命以降、人やモノ、情報が国境を越えて流通、交流してゆく歴史的な必然としての現象である。当然、グローバリゼーションには、長所もあれば問題点もある。世界経済は活性化するかもしれないが、世界がひとつの市場になれば、各国が持っていた多様な商習慣、生活スタイル、家族システムなどが破壊され、共通の言語、共通の尺度が支配する弱肉強食の論理が優勢になる。この論理を支持するのは、少しでも廉価な労働力を求め、少しでも広範な市場を求めて活動しているグローバル企業であり、その恩恵を受ける株主である。こういったグローバリゼーションの負の影響を緩和しようとするのが国民国家による産業障壁で、自国の産業を守り、地域ごとの特性を生かしながら、お互いに干渉をしないで棲み分けようというのがウェストファリア体制の理念であった。

グローバリズムの本質とは、グローバリゼーションという現象を利用して、国民国家による棲み分けの境界をなくし、世界をひとつの市場にしていこうというグローバル企業側の要請から生まれた。いわば新手の超国家主義イデオロギーである。

　このイデオロギーが生まれてきた背景には、先進国家が現物の市場としては飽和しており、総需要が減退し、一国内の経済活動だけでは成長が望めなくなったということがある。右肩上がりが望めなくなれば、それを当て込んで設計された株式会社というシステムそのものが終わる。同時に、ほぼ同時期に生まれた国民国家というものもグローバリゼーションによって賞味期限を終えようとしている。

自立する地域経済

今後、グローバリゼーションの結果として、二つの正反対のベクトルを持つ流れが加速するだろう。ひとつは、右肩上がりの伸び代を求める企業によるさらなるグローバリズム推進の動き。もうひとつは、地域単位での自立した経済の模索。一方は株式会社の生き残り戦略であり、もう一方は地域住民の生存戦略と言えばよいか。

　わたしは、自分が経営している喫茶店の横を通り過ぎる神輿を見ながら、自立した定常的な小さな経済が生きていることが感じられ、うれしくなった。高度経済成長を主導した、下村治が高度経済成長終焉期に言った言葉がある。「為替レートが経済を動かすのではなく、経済活動が為替レートを動かしているのである」。それをわたしはこう読み替えた。「経済のために国民があるのではない。国民のために経済がある」

いつの頃からか、テレビで株価情報やら為替情報が流れるようになった。高度経済成長の時代も、それに続く安定期の時代も、一般の人々は株価にも為替にも無関心であった。なぜなら、それらは株屋や株主のための情報であり、自分たちの生活には無関係だと信じていたからである。今、やたらと株価や為替情報が氾濫し、それらに多くの人々が一喜一憂するようになった。しかし、ほんとうはそんなものはわたしたちの生活の結果であり、自分と家族を養うために働き、剰余は貯蓄するという生活が普通なのだ。

商店街を成り立たせているのが、周辺に暮らす人々の生活であるように、一国の経済の主役は、まさに路地裏に暮らす人々の生活なのだ。

第二章　「小文字の世界」から足を延ばして

13　商店街の中の大学

共栄会

昨年（二〇一四年）の三月に、中学校時代の友人らと池上線の荏原中延《えばらなかのぶ》駅の近くに喫茶店を開業した。喫茶店の名前は「隣町珈琲」。わたしたちが生まれたのがお隣の大田区なので、品川区のこの場所は隣町という名前にふさわしい。

池上線は五反田と蒲田を結ぶローカル線で、三両連結の車輌が東京の南の外れにあたる庶民的な町中を走っている。平均駅間八百メートルなので、初めてこの電車に乗った都心のビジネスマンなどは、頻繁に停車することに少し苛立つかもしれない。

戦争で焼け野原になった東京も、戦後七十年を経て見違えるような近代都市に生まれ変わった。都市化と消費化の進展は凄まじく、町の景観は一変した。この近代化の波は東京の隅々にまでおよび、わが町も例外ではなかった。かつては町工場が並んでいた池上線沿線にもマンションが立ち並ぶようになり、商店街から少しずつ店が消え、駅前にはスーパーが進出した。

喫茶店を開業して驚いたのは、荏原中延の商店街には、いまだに昭和の空気が漂っているということだった。駅からは四本の商店街が延びている。東西に、浪花通り商店街と昭和通り商店街。南北にスキップロードとサンモールえばら商店街。昭和通り商店街の名前の由来は、昭和の時代ではなく、近くに昭和医大があるから。しかし、実際に歩いてみれば、昭和三十年代にタイムスリップしたような心持ちになる。店先にコンロを出して焼き鳥を焼いている呑み屋があり、豆腐屋があり、荒物屋の軒先はもはやどこにもないような昭和の遺物がぶら下がっている。あの頃の東京には蝿がたくさんいて、食卓に並べられた食材の上には、蚊帳《かや》のような蝿よけの蔽《おお》いが被《かぶ》せられた。あの商品の名前を言えるものは、今の日本にはほとんどいない。わたしも、知らなかったのだが、調べて見たら蝿帳《はいちょう》というのだそうだ。でも、この蝿帳は今どき誰が買っていくのだろうかと思う。

南側に延びるスキップロードはアーケードになっていて、いつも大勢の買い物客で賑わっている。北側の末枯《すが》れた感じの商店街がサンモールえばら。ときどき路地裏から猫が顔を出し、買い物客をじっと見つめている。わたしの作った喫茶店はこの場末感漂う商店街の外れから、さらに一歩奥の道に位置している。

日曜日に、荏原中延駅を降りて商店街を歩けば、電信柱に据え付けられたスピーカーから昭和の時代のメロディーが流れてくることに気が付くだろう。町全体が高齢化しており、町内会の人々も自分が育った時代の音楽を商店街に流しているということなのだろう。

この町には、渋谷、新宿や丸の内といった大都会とは違う時間が流れており、違う空気が充満している。わたしはこの町が気に入ってしまい、秋葉原にあった仕事場も喫茶店のすぐ近くに引っ越してきた。

仕事場から徒歩数分の圏内には銭湯が五軒ほど健在で、しばしば、仕事終わりにひと風呂浴びて帰宅するというような生活になった。

周知のごとく、一九七〇年代頃より、地方の商店街のシャッター通り化が目立つようになりはじめた。東京への一極集中や、モータリゼーションによるライフスタイルの変化、大型店舗の進出、バブル期の土地高騰と地域再開発など、商店街が寂れていく原因はひとつではない。わが隣町である品川区においても、かつては栄えていたが今は半分以上の店舗のシャッターが下りているという商店街がある。

元気な商店街と、寂れる一方の商店街がすぐ隣に位置している。この両方の商店街を歩いていて気が付いたことがあった。寂れている商店街には、やたらとマンションが建っているということだ。近所の煙草屋で聞いてみると、バブル期に地上げがあり、事業承継問題を抱える商店主は、自分の土地をデベロッパーに売却した。いくつかの商店がマンションに変わると、今までとは生活習慣も家族構成も異なる人々が流入してきた。かれらはあまり商店街を利用しない。それで、商店街が寂れていったとのことであった。

もちろん、それだけが原因ではない。しかし、この話は大切なことを示唆しているように思える。商店街の経済は定常モデルで、何年経ても拡大しない互助的な経済である。一方の開発型の方は経済成長モデルであり、もっぱら効率を追い求めている。

定常モデルと、経済成長モデルはどちらがいいとか悪いという問題ではない。ただ、人口減少が始まった、成熟した先進国家においては、定常モデルでないと生き残れないような経済というものがあるというだけである。

つまるところ、商店街を支えているのは地元の人々であり、同時に、商店同士の連帯である。そういえば、わが方の商店街の親睦会は「共栄会」という。実家のあった同じ池上線沿線の町にも「共栄会」があった。

「共栄会」という名前自体が定常経済のものだ。なぜなら「共栄会」は勝つか負けるかという市場原理とは別の原理で動いている。だから経済成長とは無縁の、十年一日変わらぬ情景を作り出している。変わらない方がよいものもあるのだ。

日本全国には、まだまだ多くの「共栄会」がある。

学びの場

喫茶店を開業して一年が経過した。

記念のイベントをやろうということになり、友人たちと相談して、以前より考えていた街場の大学を作ろうじゃないかということになった。

わたしは、今でこそ大学院で教鞭をとっているが、学生時代には大学で学んだことよりも、街場で学んだことの方がずっと多かったのである。学生時代のわたしは、大学へ足が向かず、渋谷駅から数分のところにある喫茶店に入り浸る日々を送った。その喫茶店で独習し、あるいは友人らと議論をして学んだことは、今でもわたしの糧となっている。

もちろん、専門的な知識は大学で学んだが（いや、あまり学んではいないか）、自分に血肉化した習慣や、考え方のほとんどは、町の中で学んできたという実感がある。

自分の経験に即して言えることは、自分が何を学んだのかということは、学んだ後になってからでなければ分からないということである。事前に何を学ぶか分かっているような学びというものがないわけではないが、それらは訓練とか研修に近いものだろう。たとえば、職場における研修だとか、教育訓練は、あらかじめ到達すべき目標が定められており、それらを習得するという確固たる目的がある。しかし、「学び」の本質はそこにはないと言わねばならない。「学び」にはあらかじめ定められた目標がない、というところに「学び」の本質があると言えば、奇矯に聞こえるだろうか。

しかし、実際には、このことは多くの人々の経験と相いれるものだろう。何かを学んで、それが何だったのかが了解できるのは、ずっと後になってからの場合が多いこと、時に学びの成果が現れるのに数十年を要することを、誰でも経験しているはずだ。

つまり、明確な目標設定をして、そこに最短距離で到達するということの対極にあるのが

「学び」というものではなかろうか。

昨近盛んに言われている「グローバル教育」というものなども、「学び」の本質からかけ離れてはいまいかと、危惧するのである。なぜなら、グローバル教育を施せば、グローバルな人材が育成されるという考え方自体が、すでに「学び」の本質から遊離しているからである。「学びの場」において、ひとは何事かを入力されるが、その入力が期待した出力を得るということはほとんどない。微妙な入力の違いが、とてつもなく大きな出力の差になったり、期待とは全く正反対の結果を生み出すことが頻繁に起こる。

なぜ、そうなるのか。

その理路を説明するのは難しいが、人間は「学び」をとおして、どんどん変わってしまうというところが大きいだろう。機械なら、入力される母体は、入力前と入力後が不変である。だから、入力と出力の関係は、どんなに複雑な仕組みでも線で繋いだような因果関係で結ばれるわけだが、人間の場合には入力によって、母体自体が別のものに変化してしまい、入力値の意味そのものが当初とは異なるものになってしまうからである。一定の力で動作していた機械が、いきなり形や性能を変えてしまえば、その効果は計測不能になるに違いない。「学びの場」を社会が必要としたのは、そのような不可視の結果が起きることを社会が期待したからだろう。歴史上出現した様々な発見も発明も、こうした奇跡の産物であると言える。イノベーションは、このような「場」が生み出した奇跡なのだ。

東日本大震災後の大学院の卒業式の場で、立教大学総長吉岡知哉は、大学とは「人間社会が自らの中に埋め込んだ、自らとは異質な制度」であると言い、大学で学ぶとは自らを社会の「異物」として選び取るということだと述べた。大学人として、誇るに足る見事な祝辞であったと思う。

さて、わたしたちが作った「街場の大学院」へ話を戻そう。

わたしは、戦後七十年を意識して、まず二つの講座を開講することにした。ひとつは、小説家阿部安治氏による「路地裏の文学史」であり、明治近代から戦後までの日本文学史を、日本人精神史として通覧しようという試みである。もうひとつは、名著『「幸せ」の戦後史』（トランスビュー、二〇一三）の作者である菊地史彦氏による「路地裏の戦後史——歌謡曲でたどる「幸せ」の戦後史」で、戦後七十年の民衆史をたどる試み。どちらも二時間、六回のシリーズだが、毎回新しい発見がある。

たとえば、終戦後発表された田村泰次郎の小説『肉体の門』は、映画化もされて大きな評判となった。この小説の「肉体」の反対語とは何なのか。菊地氏はジョン・ダワーが著した戦後日本のドキュメントに触れながら、田村が「肉体」の対極として意識したのは「国体」であったと述べた。戦後数年の日本人を襲った、解放と虚脱は凄まじいものがあったが、それ以上に飢餓は想像を絶するものがあった。千人以上が栄養失調で落命したと言われている。「国体」を信じた日本人が、戦後の虚脱の中で依拠すべきものは「肉体」以外にはなかったのである。

戦後七十年という歳月は、戦中派がこの国にほとんどいなくなるまでの時間であり、その意味では戦争を自らの経験として語り継ぐものがいなくなるということでもある。今、わたしたちに問われているのは、こうした経験をどのようにして保存し、継承していくかということである。

グローバル化する世界の現実に合わせて、大学をグローバル人材の培地にするという試みもいいが、わたしたちが学ぶべきものは、もっと確かな現実を自らの頭で考え、自らの目で確かめるというところから始まるのではなかろうか。

それを怠って、流動する「現実」に流されるのは、かつてファンタジックな「国体」思想に流された轍《わだち》を、再び踏み直すことになってしまうのではないか。

戦中派の声を直接聞く機会が少なくなっている今日、わたしはそう危惧しているのである。

14 読書の日々

一日何も予定が入っていなければ、じっくりと本を読んで過ごしたいと思う。しかし、最近は本を読んでいると、つい眠くなってしまい、数ページ読むともう横になりたくなってしまう。

若い頃は、ノートを広げて、重要な個所や、入り組んだ人間関係などをメモしながら読んだ。ドストエフスキーの小説などは、浪人生の頃一気に読んだが、読み終えると、複雑に絡み合った登場人物の関係図などができあがっていた。

J・R・R・トールキンの『指輪物語』十巻も、若い頃一気に読んだ。こちらは童話なので、各シーンを絵にしながら読んだ。読んでは描き、描いては読むという格好だったので、読み終えたとき、ちょっとした画集ができた。

最近はめっきり、本を読まなくなった。いや、ほぼ毎日読んではいるのだけれど、長編小説などはなかなか手が出ない。読みとおす根気がなくなっているのかもしれない。

最近、日刊ゲンダイで、「移行期的読書」というコーナーをやってくれないかというオファーがあり、思わず引き受けてしまった。四ヵ月のあいだ、毎週一冊読んで、書評を書かなくてはならない。後で後悔したが、引き受けた以上は続けるしかない。最初は二ヵ月の予定だったが、延長のリクエストがあり、最終的には四ヵ月続けることになった。しかし、この仕事は思いのほか楽しいものになった。紹介したい本はたくさんあったが、新聞掲載の都合上、他の人が取り上げた本は、重複して取り上げることができない。昔の本もだめで、三ヵ月以内に出た新刊に限るということだった。

それで、あまり人が取り上げなそうな本を取り上げることになったわけだが、全部で二十本の書評を通読すると、自分がどんなものに惹かれ、どんな精神状況でこの間を過ごしたのかが垣間見える気がした。やはり、わたしは「何かのためではない」本ばかりを、選択的に読んでいたのである。

以下に、それぞれの書評を掲載しようと思う。まずは、まくらにあたる、「週間読書日記」という記事で、その後は具体的な本の書評である。

＊＊＊＊＊＊＊＊＊＊＊＊＊＊＊＊＊＊＊＊＊

「週間読書日記」

池上線という東京ローカルの商店街の一角に「隣町珈琲」なる喫茶店を作って一年余。町の喫茶店は、もはや商売としては成り立たない。そこそこお客さんがついて、人件費は何とかなっても、家賃が出ないのである。右肩上がりの時代が終わって、人々は無駄な出費はしたくともできない。

安倍首相は、遅れて来た経済成長論者で、アベノミクスという魔法で日本が再び経済成長の波にのるかのごとく喧伝しているけれど、魔法というのはいつの時代にも詐術に過ぎず、種を明かせば「見せかけ」に騙されていたと分かる。

なんだか、肩に力が入っていて、日本を世界の列強にならぶ国にするためのリーダーは自分だと思っているようだが、実のところこの国に必要なのはリーダーなんかじゃないよと、言っているのが鷲田清一である。

最近作の『しんがりの思想』(角川新書、二〇一五)には、ずばり、今本当に必要なのは登山でしんがりを務めるようなフォロワーシップ精神にあふれた人々であり、かれらこそが人口減少と高齢化社会の課題に立ち向かうには必要な人間なのだと説いている。経済成長は確かに多くの問題を解決してきた。しかし、同時に新しい問題も作り出した。そのひとつが、むきだしのリスクにひとりで立ち向かわなければならない、孤独な人々を大量に排出してしまったことである。こういった時代には、社会の最後列から目配りしながら、脱落者を救済していく成熟したフォロワーが、求められている。成熟社会は、成熟した市民しか作り出せない。

わが大将の言葉遣いには成熟よりは、前のめりの青二才の響きを感じる。「積極的平和主義」

って言葉がつんのめっているじゃないか。どうやら積極的と形容すると、言葉の意味が逆になるようだ。これは権力者の典型的ダブルスピークである。ジョージ・オーウェルの『1984』由来の騙しのテクニックである。

当今の世相は、この未来小説が描き出したディストピアに似てきた。

川本三郎『映画の戦後』　七つ森書館

還暦を過ぎると、読むべき本と、読まなくてもよい本というものが瞬時に判定できるようになる。

どんな基準かと問われると困るが、経験則と身体感覚と答える他はない。平たく言えば「好み」に従う。

これから先、読める冊数は限られてくるので、時間を無駄にはしたくない。新刊が出ればまず、手に取りたい作家が何人かいる。関川夏央、川本三郎、橋本治、鷲田清一、内田樹、中島岳志と名前を連ねていけば、ピンとくるひともいるだろう。

連載の第一回は、そういった作家の新刊を選びたい。川本三郎の本は、川本好きにとっては、定期的に喉の渇きを癒してくれる湧水のような存在だ。

「私の批評は、映画をその時代のなかに置いてみることが基本になっている」とあとがきにあるが、わたしの読書も、「その言葉のひとつひとつを時代のなかに置いてみる」ことが基本となる。昭和初期の東京の街角の風景を切り取った映画に対する川本の偏愛は、わたしたちが現在の繁栄や、利便のために失ったものの大きさに思いを馳せるところからきている。

「都電が隅田川に架かる勝鬨《かちどき》橋にさしかかる。大型船が通れるようにまだ橋が開いていた時代。原節子が乗った都電が橋に差しかかるとちょうど橋が開くところ」。千葉泰樹監督『東京の恋人』（昭和二十七）について語っている川本のうれしそうな顔が浮かんできて、こちらもほほが緩む。同時に、もうこの光景は永久に失われてしまっていることに一抹の寂寥感を抱く。時代が作り、時代が葬り去ったものは、二度と戻ってはこない。その不在が、わたしたちの現在を密やかに告発している。

官軍よりは賊軍。北軍よりは南軍。ヒーローよりは悪役。勝者よりは敗者。川本はいつも敗れ去りしものにまなざしを向ける。

本書には、ハリウッド赤狩りを、密告者の側に寄り添って分析した、初期の傑作も所収されている。

北野新太『透明の棋士』 ミシマ社

巻頭の一行から始まった、本の中を巡る旅が、最後の一行まで辿りついて終止符が打たれる。

しばらく瞑目して、手元のコーヒーカップを手繰り寄せ、旅の余韻に浸りながら、コーヒーをすする。至福の時間だ。

出版界の風雲児、ミシマ社が新しく始めた「コーヒーと一冊」という企画は「一冊を読了するという喜びを、体感してもらう」という出版社の原点のような願いを実現したもの。忙しく、本をあまり読まなくなった現代人のために、数時間で読み切れる長さで、取りつき易さを前面に打ち出したシリーズになっている。

代表のミシマくんにお会いしたとき、「携帯電話より軽いんですよ」と言っていた。なるほど、近頃は電車でも、喫茶店でも、本を読まずに、携帯電話に見入る人ばかりが目につく。出版人としては、一矢報いたくなる。

その最初のシリーズの最初の三冊のうちの一冊が本書で、早速、喫茶店の片隅で読み始めた。「将棋盤の向こう側で彼は泣いていた」という最初の一行から、ぐいと引きこまれ、そのまま「わずか七一手での完勝だった」という最後の一行まで一気に読んでしまった。わたしは、将棋のルールについては知っているが、定石や、過去の棋譜について知識があるわけではない。本書は、将棋を知らないものでも、存分に、勝負師たちの世界に分け入って、その息遣いを聞き取ることができるはずである。

随所に棋士の世界の凄みと、発見がある。通常、プロ棋士は棋士養成機関「奨励会」で修業を積み、二十六歳までに四段になれなければ、退会を余儀なくされる。プロへの道が断たれるのだ。しかし、既存のルールを超えて、サラリーマンから棋士になった男がいる。最初の一行は、まさにかれが棋士になった瞬間の描写である。それがかれの「生まれてきた理由」であった。それから九年後。かれの「生きていく理由」が最後の一行。胸に突き刺さった。

菊地史彦『「若者」の時代』 トランスビュー

戦後七十年。ひとりの人間の一生と同じ時間が経過したわけである。戦後の歴史について語る難しさは、ひとりの人間の一生について語る難しさと同じである。

歴史という多面体のどれかひとつの側面は語れても、その全体に迫ることはかなわない。幼年期もあれば、青年期、老年期もある。政治や経済といった視点で語ることもできるが、それでは民衆史に踏み込めない。ましてや、社会意識の変遷ともなれば、データも証言もそれをつぶさに解き明かしてはくれない。

菊地が、それを知るために試みたのは、七十年の戦後における、「若者」の軌跡である。「彼らは、〈社会意識〉の最も感度の高いアンテナ」だからである。そして、若者がそれぞれの時代にどんな音楽を聴いていたのか、どんな映画を観ていたのか、どんな本を読んでいたのかを追っていけば、かれらが時代から何を期待され、かれらがその時代の何に敏感に反応していたのかを窺い知ることができる。歌謡曲や映画やテレビドラマといったサブカルチャーを補助線にもってきたのが、菊地の着想であり、それはみごとに功を奏している。音楽も映画も、いつの時代にも、若者のものであったし、誰でも自分が若者だった時の音楽を聴けば、その時代が生き生きと甦ってくるものだ。戦後、街には美空ひばりの歌声が流れていた。六〇年代、集団就職の若者たちは、井沢八郎が唄う「あゝ上野駅」のメロディーを背後に聞きながら東京へと出てきた。かれらは、高度経済成長を支えてきた。熱く激しい時代の中で、労働組合の闘争があり、学生たちの闘争が続いた。経済成長の先には、まったりとした余裕と、倦怠と、憂鬱が待っていた。なるほど、戦後の七十年は、ほとんど作者である菊地の人生と重なっており、時代を語ることは、同時に菊地の人生を語ることでもあると気付く。

父の時代と息子や娘たちの時代に挟撃された人生。

大瀧詠一『Writing & Talking』　白夜書房

「袖振り合うも他生の縁」と言うが、いくつかの因縁が重なって、お会いするはずのない、大瀧詠一さんに巡り合うことになったのだ。七〇年代、友人たちの間では、大瀧詠一はミュージシャンであることを超えた存在であり、師匠であり、一種の超越者（グル）であった。ナイアガラー、つまりは「大瀧」ファンは全国に生息しており、お互いに数語言葉を交わせば、気脈を通じ合わせることができると聞いた。

わたしは、ナイアガラーではなかった。大学生の頃より、それまで聞いていたロックや、ポップスから遠ざかり、音のない生活の中に埋没していた。それが周回遅れで、座談の機会を得ることになり、さらには日本の古い映画をめぐって情報をいただいたり、教えていただいたりする幸運に浴することができた（これはちょっと自慢）。

にわか大瀧ファンになったわたしは、昔のラジオ番組の音源を借りてきたり、ＣＤ録音を聴き始め、すっかりその世界にはまりこんでしまった。

何度かメールでのやりとりをして、そのたびに大きな刺激を受け、さあこれから本格的に、大瀧詠一という人物の懐《ふところ》に入っていこうかと思っていた矢先に、訃報を聞いた。譬《たと》えようのない寂寥感に襲われた。もう、直接お話しをお聞きすることはできないのか。

本書を目にしたときは、なんだか、大瀧さんに再会したようなほっとした気持ちになった。音ではなく、映像でもないが、ここにはまぎれもない、あの大瀧詠一のヴォイスが響いている。たとえば、こんなインタビュー。「最後に言っとくけどこれも全貌の一〇〇〇分の一ぐらいだよ。これで俺がわかったと思ったら大間違いだからね。手のうち使ってないんだから全然（笑）」。そうそう、この分厚い本の中にいる大瀧さんは、ほんの一部でしかない。でも、それは紛れもなく、わたしがその謦咳《けいがい》に接することのできた、大瀧詠一のヴォイスなのだ。

小林英夫『関東軍とは何だったのか』中経出版

本年（二〇一五年）年頭の天皇陛下挨拶には虚を突かれる思いがした。「この機会に、満州事変に始まるこの戦争の歴史を十分に学び、今後の日本のあり方を考えていくことが、今、極めて大切」であるとおっしゃったのである。還暦を過ぎたわたしの世代でも、戦争と言えば真珠湾攻撃が口火であり、広島・長崎の原爆投下で敗戦という日米戦争を中心に思い浮かべがちだ。しかし、日本を無謀な戦争に駆り立てる因子は、それ以前の満州に色濃く胚胎《はいたい》していた。本書は、戦後七十年を経て、もはや漠然とした歴史物語になろうとしている満州支配の実像を、ありありと現代に伝えてくれる。そして、その中心にあったのが、「泣く子も黙る」関東軍であった。柳条湖での鉄道爆破の謀略から、一気に攻撃を開始した関東軍は、わずか半年足らずのうちに、日本の面積の二倍の領土を占領する。この成功体験が後々まで、軍部の意思決定に影を落とす。ノモンハンにおける壊滅的な敗退までは、関東軍は連戦連勝であった。「断じて行えば事は処理される。紛争がいつまでも片づかないのは、決心が鈍いからだ」という関東軍参謀長だったときの東条英機の言葉がそれを物語っている。

満州事変からおよそ十五年続く戦争の歴史の中で、いくつかのターニングポイントがあった。ノモンハンでの壊滅的敗退も、そのひとつであり、そもそも事前の軍事力比較では勝ち目のない戦争だった。それでも、遮二無二《しゃにむに》戦争へと進んでいった背景にあったのが、関東軍という特異な閉鎖集団の持つ武断的メンタリティであった。

本書を読んでいると、現在の安倍政権の安全保障法制の進め方や、説明との間の類似点に思わずうなってしまう。現総理大臣安倍晋三は、満州国高級官僚として、その軍事産業化に指導的役割を果たした岸信介の孫である。戦争の遺伝子は、隔世遺伝のように安倍に引き継がれたということか。

リチャード・ロイド・パリー、濱野大道訳
『黒い迷宮――ルーシー・ブラックマン事件15年目の真実』 早川書房

二〇〇〇年の夏、ひとりのイギリス人女性が失踪した。当初、すぐに解決すると見られた事件は、一筋縄ではいかない猟奇的な事件に発展していった。織原城二という数奇の人生を送ってきた容疑者が逮捕され、三浦半島の洞穴で女性の遺体が発見されたが、織原の判決が出るまでに六年半の歳月を要した事件の全貌は明らかにはなっていない。あらゆる状況証拠は織原の犯行を示唆していたが、一審判決は証拠不十分で無罪。織原は一連の、同じような別の容疑によって無期懲役となった。

当初は、どこにでもいる海外特派員だった著者は、この事件を追っていくうちに、人間の心の闇そのもののような「黒い迷宮」に引き込まれていく。

本書には、ありきたりの善人も、絵に描いたような悪人も登場しない。両親をはじめとして、次から次へと登場する事件の関係者は、一様に心の闇を抱え、運命に翻弄され、必死にもがいている。事件に引き寄せられて、幾人もの怪しげな人物が跳梁《ちょうりょう》する。読んでいて思い出したのは、『東電ＯＬ殺人事件』（佐野眞一）であり、六本木の裏社会を活写した『東京アンダーワールド』（ロバート・ホワイティング）で、まさにアンダーワールドを巡る旅の道行に、頁を繰る手が止まらなくなった。本書の吸引力の多くが、資産家にして、性倒錯者、頭脳明晰にして、詐欺師といった織原城二という、稀有のパーソナリティからくるのは間違いない。一般に、犯罪ドキュメントにおいては、犯人たちの不遇な体験や、不幸な生い立ちには、同情や共感の余地があるものだが、本書における織原城二の精神世界は、どこまでいっても、黒々とした謎のまま残るだろう。

事件の関係者である、被害者の父親、母親、友人、妹、弟、そして当の筆者が、事件にかかわることで覗き見てしまった虚無の深さこそ、織原が人生で見続けていた虚無であるのかもしれない。読者もまた、その深い闇を覗き込むことになるだろう。

森まゆみ『「谷根千」地図で時間旅行』　晶文社

私事で恐縮だが、わたしは数年前より地元である東京の南の外れの町の探索をするプロジェクトを続けている。蒲田に松竹撮影所があった頃、名匠小津安二郎がロケハンした場所を、自分でも歩いてみたいというのがきっかけだった。実際に歩いてみたら、わたしは自分が生まれた町についてさえ何も知らないことに気付いた。

本書は、生まれ育った町について、誰よりも愛情深く、誰よりも詳細に調査してきた作者による、「谷根千」時空ガイドブックである。「谷根千」とは、谷中、根津、千駄木のこと。この古き良き時代が保存されている地域を、二十六年にわたって取材し続けてきたのが森まゆみである。だから、「谷根千」といえば、森まゆみであり、森まゆみといえば「谷根千」なのである。

一度でも「谷根千」を歩いたものなら、本書を手にとってもう一度自分が歩いた道が、どんな意味を持っていたのかを、つぶさに確かめてみたいと思うだろう。

江戸、明治、大正、昭和へと変遷する町なみをその時代ごとの地図をたよりに辿り直す。あるいは、森鷗外の『雁』を歩く。樋口一葉の住んだ町を完全踏査する。各文章のタイトルを見ただけで、わくわくしてくる。

あちこちの頁に描かれた時代地図や、郷土史家による手書き地図を見ていて、この本は何だかとても手になじみ、開き易い造りになっていることに気付く。表紙のカバーを外して背表紙を見て驚いた。糸かがり閉じと言うのだろうか、最近では見たことのない手の込んだ造本である。見開き地図の中央が完全に開くようにするための、著者や編集者の気配りが感じられる。

「レトロ（懐古趣味）と笑わないでください。懐古も人生の楽しみのひとつです」と森さんは言う。いやいや、効率や、損得ばかりが強調される時代にあっては、こういった何かのためではない、大切なものを書き残すことは、心に響く時代へのプロテストである。

沢木耕太郎『キャパへの追走』　文藝春秋

今もって、世界で最も有名な報道写真家といえば、ロバート・キャパの名が挙がる。そのキャパを有名にした一枚は、一九三六年、スペイン戦争の際に撮影した「崩れ落ちる兵士」である。その写真には、長らく真贋《しんがん》論争があり、若い頃よりキャパに強い思いを抱いていた沢木耕太郎は、この写真が戦闘中のものではなく、演習中に兵士が足を滑らせた一瞬をカメラが捕えたものだということを突き止める。

この沢木の取材力とスリリングな分析に感嘆したが、本書はそのきっかけとなった、キャパが撮った有名な写真の現場に、もう一度立ってみるというもの。スペイン内戦のときの写真が中心だが、熱海や静岡、大阪の写真も取り上げられている。気楽な連載エッセイだが、この人ならではの文体の色気に引き込まれる。

私事で恐縮だが、わたしも小津安二郎の八十年前のサイレント映画の撮影現場を突き止めるという酔狂を半年にわたって続けたことがあった。だから、キャパの写真の背景に映り込んだ風景の断片から、現場をつきとめる作業が、どれほど困難なものであるのかについては経験がある。目当ての場所を突き当てたときの興奮と、間違いに気付いたときの失望。その作業は、探偵が、わずかな証拠から、犯行の全てを再現し、解明することに似ている。

それにしても、こうやってキャパの写真を一望してみると、この写真家の稀有の才能に驚かされる。傑作は「崩れ落ちる兵士」だけではない。そして、その波乱の人生もまた、この稀有の才能が引き寄せたものであることが分かってくる。相棒であり、恋人でもあったゲルダはもとより、ヘミングウェイ、イングリッド・バーグマンといった人々との交流も、写真の背後の物語として浮かび上がってくる。

同時に、わたしは沢木がなぜ、キャパにこれほど入れ込んだのか、分かるような気がした。かれもまた、キャパと同じ、路上の観察者であり、単独者なのだ。


想田和弘『カメラを持て、町へ出よう』 集英社インターナショナル

ツイッターというソーシャルメディアで、毎日小気味の良い書き込みをしている映画監督の名前は、以前より知っていた。

ニューヨークに住んでいて、「観察映画」というドキュメンタリーを撮っていて、ときどきテレビや雑誌で政治的な直言をする。かれの発言を聞いていて、いつもわたしはひとつの言葉

を思い出す。吉本隆明の詩の言葉である。「僕が倒れたら一つの直接性が倒れる」。想田和弘の言葉には、衒《てら》いも韜晦《とうかい》もない。ただ、真っ直ぐに、直接的に、情理の中心で呟かれる。

案外できそうで、できないことである。屁理屈や言いくるめに終始する口舌の政治家の嘘話や、シニカルな上から目線を投げかける現実派の言葉の対極にある、真水のような言葉。本書は、想田の本業である「観察映画」について語った、映画学校での講義録だが、読み進めるうちに、なぜ、想田が「直接的」な語法を手に入れたのかをうかがい知ることにもなる。想田の「観察映画」は、何も加えず、何も引かず、ただありのままの現実を映し出す。事前の打ち合わせも、台本もない。「目の前の現実をつぶさに観察しよう」というのが、想田がカメラを回すときの心構えであるが、フィルムには想田自身の影もまた映り込んでいる。それを想田は「参与観察」だと言う。だから、単なる客観的な視点というのとは違う。自らの立ち位置を含めて観察し直す。そこに自分でも予期しなかった「物語」が立ち上がってくる。

想田にとって、膨大な映像記録を編集する作業は、まさにその「物語」が立ち上がるまでの、「観察のし直し」作業である。

そして、おそらくは、映画を観た観客もまた、想田とともに、カメラが切り取った現実を観察し、観察し直し、物語を共有することになるのだろう。「おそらく」と書いたのは、わたしはまだ想田の映画を観ていないから。本書を読んで、猛烈に映画を観てみたいと思った。

原民喜『幼年画』　サウダージ・ブックス

小さな声でしか伝えられないことがある。いや、ほとんど全ての大切なことは、大きな声ではなく、呟くような、囁くような小声でしか語られないものだ。なぜなら、ひとは嘘をつくときには、大きな声で自信ありげに振る舞うものであり、本当の事を言うときには、思わず声をひそめるものだからだ。別に、そんな法則はないのだが、当今の政治家の言葉や、テレビでまくしたてる評論家の言葉を聞いていると、そう言ってみたくなる。

原民喜の文体は、こちらが耳を澄まさなければ聞こえてこないほどの、かそけき音声によって作り出されたものである。代表作は、戦争文学の傑作として有名な『夏の花』。原民喜は、広島での自身の被爆体験をもとに、その悲惨な光景を、美しい文体で綴った。人間が生み出したあまりの不条理は、大きな声で伝えることができない種類のものであった。

本書は、広島への原爆投下以前に書かれた短編を、民喜自身が『幼年画』としてまとめた作品群を中心にして編纂されたもの。

あらためて、読んでみると、まさに原爆投下以前の、市井の人々の光景が、繊細な筆致で綴られていることに、感慨を覚える。なぜ、今、地方の小さな出版社が本書を出版したのか。本書によって、戦争文学の記念碑的作品の作者である原民喜の初期作品の魅力を伝えたいということはもちろんだろうが、本書の出版自体が、この時代に対するささやかなメッセージになっている。そして、そのメッセージもまた、原民喜の文体同様、耳を澄まさなければ聞こえないような小さな声のメッセージなのだが。

解説を書いている蟲文庫店主、田中美穂さんの解説も素晴らしい。彼女が引用した一節は「僕は一人の薄弱で敏感すぎる比類のない子供を書いてみたかった。一ふきの風でへし折られてしまう細い神経のなかには、かえって、みごとな宇宙が潜んでいそうにおもえる」。

木村草太『集団的自衛権はなぜ違憲なのか』　晶文社

国会で、三人の憲法学者が集団的自衛権を違憲だと断定してから、安倍安保法制に対する国民の風向きはがらりと変わった。しかし、それでもまだ、安倍内閣支持は四十％前後に高止まりしている。本書は、気鋭の憲法学者が、安保法案制定のプロセスを追いながら、なぜ、この法案が違法なのかについて、フェアかつ分かり易く解説しており、安倍内閣支持者にも一読願いたいと思う。

もちろん、政治的課題であるゆえに、この法案が合憲であると判断する憲法学者もいないことはない。菅官房長官は、「たくさんいる」と言っていたけど。これを木村は「ネッシーがいると信じているひとを探すのは、ネッシーそのものを探すよりは簡単」だとユーモアたっぷりに切り捨てる。
専門家ならではの、冷静な指摘に学ぶべき点が多い本だが、とくに、ハッとさせられるのは、国家権力の行使を憲法上正当化するには、二つのハードルが必要だという指摘。つまり、それを禁じる明文の憲法規定がないことであり、もうひとつが、それを根拠づける憲法規定があることである。安全保障の法的基盤を作る目的で組織された安保法制懇談会には、憲法解釈の専門家がひとりもいなかった。その報告書には、憲法は集団的自衛権を禁じていないということを示そうとしているだけであり、この法制を根拠づける憲法規定がどこに書かれているかについては何も述べていない。もちろん、そんな条文はどこにもない。つまり、専門家なら当然知らなくてはならないことを知らないメンバーによって、本法案が基礎づけられているということである。政府関係者によるあまりのずさんな説明を聞いていると、わざと破綻《はたん》することで、アメリカからの要求をやんわり拒絶する目論見があるのではないかと疑ってしまうといったジョークには、苦笑してしまう。そんな高等戦術を使える保守政治家が、いればの話だが。

半藤一利、保阪正康『賊軍の昭和史』 東洋経済新報社

帯文に「官軍が始めた昭和の戦争を賊軍が終わらせた」とある。安倍首相は、戦後レジームからの脱却と言い、戦勝国によって押し付けられた価値観をありがたがるような自虐的な歴史

観から脱却せよと訴えた。一方、天皇陛下は、「満州事変に始まるこの戦争の歴史を十分に学び、今後の日本のあり方を考えていくことが、今、極めて大切」と述べられた。

現在の日本の立ち位置を考察するうえで、歴史のどの時点を転換点とするかによって、結論は全く違うものになる。

本書は、その転換点を幕末までさかのぼる。日中戦争から、太平洋戦争に至るイデオロギーであった皇国史観は、実は薩長史観であり、昭和の戦争とは、思想的にも、人的にも官軍のそれが始めたのだと喝破する。

こういうことを語らせたら、半藤一利と、保阪正康の右に出るものはいない。その博識、その細を穿《うが》つ説明には、恐れ入る他はない。

すでに分かっていることでも、かれらに説明されると妙に納得してしまう。「靖国神社のおこりは、戊辰戦争の官軍側の戦死者を慰霊する招魂社で、長州の大村益次郎が作ったんです」「靖国神社は、薩長史観の代表的な空間なんですね」

A級戦犯が靖国に祀られるのも、かれらが官軍だからで、吉田松陰の師匠筋でありながらも、長州派に斬り殺された佐久間象山は靖国神社には入れない。要するに靖国は、薩長史観が作ったフィクションだというわけだ。

庄内藩という賊軍出身である石原莞爾の分析が際立っている。実際に石原に縁のある人物たちに取材し、文献にあたりながら、この複雑な人物の輪郭に迫っていく。このときも「勝てば官軍」的薩長史観に縛られない、自由な視点から軍事を考える。戦後の石原の言葉が意外であり、印象的だ。「これからは、これを道義の憲法として、道義の国家となって、アメリカに道義を説いてやろう」。

内山節『半市場経済』 角川新書

本書は、市場万能主義に対する、新しい経済を研究する四人の論考からなっている。二十世紀は、経済成長、人口増大、ビッグサイエンスの時代だった。新しい世紀に入ってから、これら全盛期を牽引したパラダイムが微妙に狂い始めている。経済は停滞し、先進国人口は減少し、乱獲や化学肥料が環境を破壊する。

貨幣経済、市場経済は人類最大の発明のひとつだが、それが行き過ぎれば人間は貨幣に翻弄され、幸福な生活の行方を見失う。問題は、市場経済に代わりうる新たな経済を、人類はまだ発見できていないということだろう。

いや、そんなことはない。かつても、これからも、市場経済に代わりうる経済は活発に活動していたと著者たちは言う。

「半市場経済」という言葉の中に、そのヒントがある。市場経済の半分は、自給自足であり、おすそわけといった互酬慣習である。そういったひととひととの結びつきを背景にした非市場経済が、現在の行き詰まりを解決する糸口になる。

たとえば、社会善を意識し続けるオーガニック・コットン事業のパイオニア、株式会社アバンティ。手間暇のかかる無農薬有機栽培から生まれたコットンにこだわることで、ファンを増やしている。たとえば、森林環境保全のために、合法確認材だけで、「正しい家具」を作り続ける株式会社ワイズ・ワイス。そして、資本主義内社会主義のような、組合員の天引き貯金と生活費管理のシステムを作り上げ、町と一体となって業績を伸ばす佐呂間漁業協同組合。

数え上げればきりがない。

かれらは、社会性と事業性という二つのミッションを掲げている。持続可能な社会を作ろうという倫理を共有する買い手が、これらの企業を支える。

株主利益の最大化という、経済成長パラダイムに対抗して、「よいコト」「よいモノ」を顧客にもまわりにも提供し、分かち合うのがビジネスの本義だという、著者たちの考えに、深く同意する。

鶴見俊輔『昭和を語る——鶴見俊輔座談』　晶文社

三・一一の直後、わたしと作家の高橋源一郎と、もうひとりを加えて、鼎談するという企画があった。高橋さんと、電話で、もうひとりは、誰がいいですかねと話をしていて「戦中派の声が聞きたい」ということになった。そのときに、高橋さんが指名したのが鶴見俊輔さんで、わたしは古井由吉さんの名前を挙げた。しかし、この鼎談は、実現しなかった。

大津波と地震がもたらせた風景は、まさに戦後の国土荒廃を思い起こさせるものがあった。わたしたちは、この前代未聞の体験をどのように語ればよいのか、途方に暮れた。戦中派ならば、これをどのように語るのかを聞いてみたかった。

本書には、そのとき果たせなかった、鶴見俊輔の肉声が響いている。白眉《はくび》は、司馬遼太郎との、「敗戦体験」をめぐる対談。深刻な話なのだが、めっぽう面白い。鶴見はここで、「期待の次元と回顧の次元」という視点を紹介している。今、ここで、見えない未来を予想しながら考えていることと、過去を振り返って何が起きたのかの筋を知ってから考えることを、混同してはいけないと。

これには、思わず膝を打った。「自分がまちがえたときの期待の次元をもう一度自分のなかで復刻し、それを保守すべきだったのに（中略）、わかりきっていたことだと回顧の次元だけで、あの戦争を見た」と。進歩的文化人に対する批判である。

これは今日の、たとえば原発事故を振り返ったときにも、わたしたちが陥るピットフォールである。

鶴見さんがここで展開した思想は、戦後吉本隆明が『転向論』で展開したものと相似的なものである。吉本は、日本封建制の優性遺伝子と対決せずに、海外思想の上澄みに乗っかって発言していた進歩派を難じたが、鶴見と司馬は、日本人の精神的伝統としての「岩床」というタームを使っている。一九七九年の対談だが、この時点ですでに、人口減少の問題も語っている。まさに、慧眼。

松本創『日本人のひたむきな生き方』　講談社

本書の筆者である松本創は、駆けだしの新聞記者だった頃に、「ふつうの人の人生にこそドラマがあるんやぞ」と担当デスクから言われ、いたく感銘を受けたという。

本書には、ふつうの、市井に暮らす人々の人生のドラマが、見事に結実している。めったに、そういうことはないのだが、本書を読みながら、わたしは何度もこみ上げるものがあり、目頭が熱くなった。

その理由は、もちろん本書が取り上げた人々が、様々な逆境に向き合い、克服していくときの、そのひたむきな姿による。同時に、筆者である松本創の、独特の立ち位置と、その文体にもよる。ルポルタージュは、基本的には、客観的な事実を積み重ねて、ひとつの物語を作るものだが、本書には、作者の控えめだが、強い主観的視線が感じられる。その視線は『庶民の発見』を書いた宮本常一の視線に通じる。

松本は、ここで「日本人」を再発見しようとしているのだ。それは当今のエリートたちの劣化や、損得勘定だけで生きている人々への静かな抗議でもある。

本書が取り上げた七人は、「他人のために生きる」「好きな道を生きる」「あきらめずに生きる」人々であり、挫折や悔恨をばねに生きている、どこにでもいる日本人たちだ。

当今流行りの、夜郎自大な日本人礼賛本ではないし、厚顔無恥な日本人自慢でもない。それでも、読者は、日本のどこかに、このような人々がいて歯を食いしばっている姿を想像し、日本人もまだ捨てたものではないと思うだろう。

それはまた、戦後の七十年間でわたしたちが得たものと、失ったものを思い起こさせてくれる。得たものとは経済的繁栄であり、生活の利便だろう。失ったものとは、人生には、貧乏や不便から抜け出すこと以上に大切なことがあり、ひとはそれが何かを知ることで輝くことができるという感覚である。持たざるものだけが、持つことができる幸福もある。


井上理津子『親を送る』 集英社インターナショナル

認知症の父親を残して、母親が火傷を負って入院し、そのまま逝ってしまう。やがて、父親にも死期が近づく。両親を看取った娘と家族の介護奮戦記は、少子、老齢化という現代の日本が抱える問題も浮かび上がらせる。

介護は普遍的でもあり、個別的、現代的な課題でもある。

失うことでしか、分からないことがある。あれこれと、うるさく小言を言う母からの電話が、「幸せ」の日常だったと気付く。

親の愛情を鬱陶《うっとう》しく思っていたことに対して、「ありがとう」と「ごめんなさい」を繰り返す。

わたしにも経験がある。私事になるが、両親の死後、わたしも一冊の本を書いた。だから、彼女が本を書いた気持ちも痛いほど分かる。わたしの場合は男がすなる介護だったが、本書はフリーライターで女性の手になる物語である。男の感覚とは違う、細やかな心の揺れが、鮮やかな筆致で描き出されている。

作者の井上理津子は、色町で働くものや、葬儀屋稼業といった、普段あまり光のあたらない裏町的光景に分け入って、その息遣いを伝えてきた作家である。本書においても、随所にハッとするようなみごとな描写がある。母親の死後、父親は、食後に新聞を広げている。「一瞬、おかしかった。しかし、一瞬のおかしさの後、ひどく悲しくなった。新聞が逆さまなことにも気付かないのに、一所懸命に「ふつう」を装っている姿に見えたからだ」。娘は、新聞が逆さまであることを指摘しなかった。父のプライドを傷つけたくなかったからだ。そして、紙がすれる音に辛さを噛みしめている。

なんていうことのない描写の中に、作者の心の揺れ動きが感じられて、思わず目頭が熱くなる。

実のところ、わたしは途中で読み進めるのが辛くなるほどだった。それでも、ページをめくる手が止まらない。老いてなお生きる肉親への愛情と、誰にでも必ず訪れる別離の残酷が読む者の胸に迫ってくる。

小田嶋隆『超・反知性主義入門』 日経BP社

国会での官僚的な答弁を聞いたり、ネット上に溢れかえる差別主義的な罵詈雑言《ばりぞうごん》を読まされたり、メディアの澄ましきったポリティカリーにコレクトな言説を読むたびに、小田嶋隆だったら何と言うのだろうかと思う。小田嶋隆から吐き出される毒性の強い言葉は、錆ついた左右の常識を、一瞬のうちに溶かして、便所の排水溝から流してくれるからである。

タイトルに含まれる「反知性主義」は、現在の日本を象徴的に言い表す言葉として、今年（二〇一五年）のキーワードのひとつになった。安全保障法制をめぐるわが総理大臣の、質問とは関係なく自説を繰り返すような答弁。定型的な野次。官房長官の木で鼻を括《くく》るような「それは当たらないと思う」というロボット答弁などは、確かに知性の失調をうかがわせる。物事の理非を、単純な敵か味方かの二項対立にしてしまうような態度を反知性主義だといって、知識人は非難した。しかし、本来の「反知性主義」とは、知性が不足した馬鹿の主張というような単純なものではなく、むしろ文化人や教養人の定型的な知のありようを、身体的な次元から攻撃する、政治的で、知性的な言説であった。

その功罪を説明しようと思えば、マッカーシー旋風が吹き荒れた赤狩りの時代や、キリスト教のリバイバル運動にまで言及しなくてはならなくなる。一筋縄ではいかないのである。しかし、それを小田嶋隆は、たった一行で切り捨てる。「てめえら、さしずめインテリだな」。たったこれだけの言葉で、口舌のインテリと、下積みの職人気質の対立や、当今の空気を見事に表現してしまう。しかも、（笑）付きで。

そして、当今の日本自慢の風潮に対しては、「こわいのはわれわれが愛国者になることではなくて、愛国者のふりをしないと孤立するような社会がやってくることだ」と看破する。小田嶋隆を読むとは、本当の姿を映し出す鏡の前に立つようなものだ。こわいけれども、覗きこまずにはいられない。

内田樹『困難な成熟』　夜間飛行

本書は、ただひとりの相談者に対して、内田樹がメールで答えるという形式の、人生相談。内田樹による人生相談が、世の凡百の人生相談と同じであるわけはない。

内田の答えは、まず断言から始まる。それも、かなり強引とも思える、根拠のない断言である。

いわく、「責任を取るということは可能でしょうか」「不可能です」。

人生相談の質問者が求めているのは、必ずしも正しい答えではない。ほとんどの場合、答えは質問者がすでに持っており、回答者にその保証人になってもらいたいのである。

しかし、内田は、はいはいと言って裏書きをすることはしない。質問者が考えもつかないような突飛な回答をぶつけるのである。

一度起きてしまったことは、元には戻らない。だから、目には目をという同罪刑法があるのであり、原理的には、責任を取ることは不可能だと説明する。しかし、本来責任のない人間が「オレが責任をとるよ」と言って責任を引き受けることで、「責任問題」の出現確率が逓減するのだと説く。実証も、データもないけれど、質問者は自分が知らなかった風景に出会ったような気持ちになり、他責的な被害者から、一歩進み出すことになる。

「働くとはどういうことか?」このいかようにも答えられそうな質問に対して、内田は「その質問の次数を繰り上げよう」とでも言うように「働くことの対立概念は何か」と問いなおす。それは「無為」でしょうか。いや、無為の対立概念は「有為」(世の役に立つもの)であり、労働がその反対の役に立たないものであるというのは違う。では、「遊び」が対立概念なのか。いや遊びの要素のない仕事は、ただの苦役であって労働ではないと答える。内田の答えは「消費」であり、人間が労働するのは、人間の消費量が自然からの贈与分を超えたからだという。質問者は、われ知らず文化人類学的な知見に辿りつく。読者もまた、理想の教育者に出会うことになる。

上村達男『ＮＨＫはなぜ、反知性主義に乗っ取られたのか』　東洋経済新報社

最近のＮＨＫは、どうもおかしい。多くの人が感じている疑問であり、その理由もなんとなくは分かっている。与党議員だけしか登場せず、さながら政府の宣伝番組となった十月十日の『日曜討論』、安保関連法案反対デモの意図的な無視、同法案審議の国会中継サボタージュと、数え上げればきりがない。

それは「政府が右と言っているものを、我々が左とは言うわけにはいかない」という発言をすることになる籾井《もみい》勝人がＮＨＫの新会長に就任してから顕著になっていった。

本書は、ＮＨＫ経営委員会会長代行の任にあった早稲田大学法学部教授、上村達男による、インサイドレポートである。

さすがに、経営委員会において籾井と論争してきた上村の筆ならではの、生々しいやり取りが随所に出てくる。通読して上村の筆致は冷静かつ公平であり、またそうありたいと留意しながら書きすすめたものであることが読み取れる。自身でも、「籾井憎し」で書いたのでもないし、ためにする議論をするつもりも、したつもりも全くないと書いている。それでも、籾井に対する評価は、「人の話を聞けない。人の言うことが理解できない。だから議論ができない。

建設的なコミュニケーションの能力がまったくありません」と救いがない。

サラリーマン生活を経験した者なら、籾井のような上司がどこにでもいることを知っている。批判されると怒り出し、怒鳴り出す。気に入らない部下は左遷させる。自分のまわりをイエスマンだけで固める。一言でいえば「困ったひと」である。普通の民間会社なら、こういう人物がいても、やがては淘汰されることになる。しかし、公共放送のトップとなれば、座視できない。NHKで起きていることは、日本で起きていることと同じである。専門家を軽んじ、法を蔑《ないがし》ろにし、知性を疎《うと》んじる安倍政権の政治風土を批判。告発の書であると同時に、慨世の書でもある。

山本浩二『山本浩二画集——もうひとつの自然×生きている老松』羽鳥書店

「絵画とは何と虚しいものか、本物は誰も褒めないのに、似ているというだけで賞賛されるとは」と言ったのはパスカル。ヴァレリーは、様々な文章で、パスカルを罵倒した。ヴァレリーにとって、絵画は眼に見えないものとしての「感覚」が、突如として見えるようになる奇跡であったのだ。

この「見えるもの」と「見えないもの」をめぐる思考はメルロ＝ポンティに引き継がれ、名作『眼と精神』が生まれる。

近頃では、こんなことは誰も深くは考えない。いや、山本浩二や、数少ない画家を除けばという留保をつける必要がある。

まずは、本書を読んでみよう。読むとはいっても、そこにあるのは抽象画と、山本自身の絵画的断章である。

山本は、ベラスケスやピカソの、あまたある後継者のうちのひとりであると同時に、ヴァレリーやメルロ゠ポンティの後継者でもある。つまり、創造と批評を一身に具《そな》える稀有の画家である。この画家にとっては、ひとつの作品が生まれてくることは奇跡であり、かれは自らの身体を、この創造に貸し与える。同時に、かれにとっては、ひとつの作品は、それまで存在してきた全ての作品に対する批評でもある。

内田樹の主宰する道場にしつらえられた能舞台に、山本は老松を描いた。これまで、能を鑑賞してきたものならば、誰もが背景の松の絵柄になじみがあるだろう。だが、山本の老松は、これまで誰もが描いたことがなく、誰もが見たことのないものであった。

「絵を見るとき私たちは、二つの世界を同時に見ている」と山本は書いている。それは絵の「名前」と「名前を超えた何か」である。これまで見てきた老松は、「名前」でしかなかったということが、山本の老松を見るとよく分かる。能の舞手の背後に、「生きている老松」が突如として立ち上がってくるのである。それは、まさに奇跡。

さて、この連載も、今日が最終回です。また、どこかでお会いしましょう。

15　国が大人になるということ

戦後レジームと司馬遼太郎の愛国心

身の回り百メートル圏内で起きている「小文字の世界」から少し足を延ばして、国家や、それが推進しようとしている政策などについても、それが「小文字の世界」からどう見えるのかについて語ってみたいと思う。大上段から何かを語るということではなく、あくまでも、自らの身体が感受できるところで、大きな問題についても考えてみようということである。

たとえば愛国心。

最近の、中韓に対する差別的なデモを見ていると、わたしは怒りというよりは、悲しい気持ちになる。

同じ国で生まれ、同じ時代に、同じような教育を受けたにもかかわらず、なぜかくも狭隘《きょうあい》な差別意識へと向かってしまうのか。

最近は、そういうことを考えることが多くなった。

一言でいえばナショナリズムということなのだろうが、たとえばスポーツ観戦をしているときなどに、自分の中にさえ沸々と芽生えてくる感情についても、一体それが何ものなのかについて、あまり突き詰めて考えたことはなかったように思う。

これについて、司馬遼太郎が面白いことを言っている。

> 愛国心はナショナリズムとも違います。ナショナリズムはお国自慢であり、村自慢であり、家自慢であり、親戚自慢であり、自分自慢です。
>
> これは、人間の感情としてはあまり上等な感情ではありません。
>
> 愛国心、あるいは愛国者（パトリオット）とは、もっと高い次元のものだと思うのです。
>
> （『「昭和」という国家』ＮＨＫブックス、一九九九　傍点筆者）

司馬が戦後描き続けた小説を読めば、そこに司馬が言う「高い次元」の愛国心というものの何かを読み取ることができるかもしれないが、わたしが手にしている小さな本の中では、愛国心が何かということはこれ以上は明言していない。しかし、何でないかということはここでも明確に表現されている。

そして「いったい、大正から昭和までの間に、愛国心のあった人間は、官僚や軍人の中にどれだけいたのでしょうか」と慨嘆している。

司馬は、愛国心とは、自分自慢ではないし、肥大化した自我というものとは無関係だと言っているのだ。そして同時に、人間には自分自慢したいような気持ちというものが誰にでもあり、それはあまり上等なものではないとも言っている。

日中戦争、ノモンハン事件以降、日本の軍部がなぜ、どのようにして間違いを犯してきたのかを考え抜いてきた司馬のひとつの結論は、あの戦争は愛国心というものによって牽引されていたわけではなく、あまり上品とは言えない感情の持ち主たちが、秘密結社のような機関を作り出してしまった結果だという。それが参謀本部である。

明治の時代にも参謀本部はあったが、昭和十年から二十年までの十年間に生まれた参謀本部は、それ以前も、それ以後も例を持たない「鬼胎《きたい》」だったと結論している。

それは、明治期の日本と、戦後の日本の間に挟まれた、連続性を失った特異な時代であったという意味である。

この特異な十年を除けば、日本史は第一級の歴史であり、その一級の歴史を作り出した人間たちが仰ぎ見ていたものを知るべきであるという司馬史観が出てくるわけだが、わたしはこの司馬の人間理解には違和感が残る。どんな時代においても、司馬が「鬼胎」と表現した人間や組織が生まれる可能性があり、ひとりの人間の中にさえ、崇高な精神と、下卑た根性は同居しているものだ。

ただ、司馬さんはドイツがナチスに全ての責任を押し付けることで、ドイツの民を救済するという物語を作り出したように、参謀本部鬼胎説によって日本人全体を、歴史から救済したかったのかもしれない。

参謀本部が鬼胎であったという説を裏付ける資料として司馬さんが引っ張り出したのが『統帥綱領・統帥参考』という本である。敗戦のときに、一切焼却され、この世には存在しないとされていたものが、奇跡的に司馬さんの手に渡る。

この本の中に、「自分たちは、憲法外」なのだという自己規定がある。

つまり、参謀本部は超法規的存在であると、位置づけているのである。

この本は、軍の最高機密であり、特定の将校しか閲覧を許されていなかった。

ところで、安倍晋三内閣総理大臣が主導して法制化しようとしている、安全保障法案は、多くの主導的な憲法学者によって憲法違反であるとの批判を浴びている。

あたかも、戦時中の参謀本部が、「憲法外」（この場合は明治憲法だが）であると自分たちを規定していたように、安倍さんは、これまでの内閣法制局が認めてきた憲法解釈を変更しても、やらなければならないことがあり、それをできるのは内閣総理大臣である自分であると思い込んでいるように見える。

解釈改憲の根拠となっている砂川判決が、自民党の言うような集団的自衛権を認めるものであるというものではなく（どこをどう読んでもそんな解釈は出てこない）、むしろ、最高裁判所が自分の権限を放棄するような「統治行為論」を認める判決であった。

つまり、当今の厳しい現実環境の中においては、法治主義や憲法の遵守というものの制約を受けない統治行為があるということを、主張しているかのようにわたしには思える。

そして、「従テ統帥権ノ行使及其結果ニ関シテハ、議会ニ於テ責任ヲ負ハズ」という問題の本の言葉を地で行くような国会答弁に終始している。

今、司馬さんが存命だったら何と言うだろうかと思う。

安倍さんは、戦後民主主義がお好きでないようで、「戦後レジームからの脱却」と言っている。戦後民主主義という擬制を受け入れることは、自虐的な歴史観を受け入れるということであり、そのことが日本人を必要以上に卑屈にし、日本の国際社会における威信を不当に貶《おとし》めてきたと考えているようである。

はたして、この「戦後レジーム」を否定することで、どこに戻りたいのか、あるいは、どこに行きたいのか。

安倍さんの言う「美しい日本」とは、かつて列島に存在したある特定の時代を指しているのか、それともこれまで存在してこなかった将来の別の日本の姿を指しているのか。もし、特定の時代を指しているのだとすれば、それは戦前の日本、明治期か大正期の日本なのか、それとも戦中の日本なのかが問題になる。

しかし、そのどちらも、安倍晋三は知らない。まだ生まれていない。だから、それらは伝聞によって造作された不確かなものでしかあり得ない。日本軍国主義の時代についてなら、かつての自由民主党内には体験としてそれを語れる政治家がいた。戦後生き残ったかれらは自衛隊の海外派兵や、憲法の改正に関しては思いのほか慎重な姿勢を貫いていた。田中角栄に仕えた警察官僚上がりの政治家であった後藤田正晴は、湾岸戦争のときの自衛隊の海外派兵について待ったをかけて「蟻の一穴論」を主張したという。いったん派兵すれば際限がなくなるということである。高知市の第155師団歩兵第452連隊で終戦を迎え、自決を考えたという自民党の重鎮、野中広務もまた、軍備拡張に関しては一貫してハト派の姿勢を貫いた。田中角栄は一九八一年の読売新聞記事「元総理大臣が語る」の中で、日本の軽武装に関してこんなことを述べている。「ソ連は年間国防費が三六兆八二五〇億円、中国が一四兆一六〇〇億円、西ドイツが六兆一〇〇〇億円、フランス五兆円、日本は二兆二三〇〇億円だ。GNP対比〇・九一％というのは、世界に無い訳ですな。中国でも九％でしょう。イギリスは三・三％、フランスは三・九％ですからねぇ」。かれらは、ほとんど功利主義者といってよいほどの、現実主義者であった。現在の自民党にはこういった戦争体験者がほとんど姿を消してしまった。

かれらが保守と言うとき、何を保守するのかという明確な像を持っていた。それは国民の生活の安定ということ以外にはなかった。かれらにとって、戦争はイデオロギーではなく、目の前で人が殺され、自殺し、栄養失調で息絶えるような過酷な現実だった。だからかれらが保守と言うとき、何を守るかは戦前のどこかの場所へ戻るということを意味していない。まさに現在を評価し、幾多の犠牲の上に成り立った戦後擬制そのものを保守するということになるのである。

戦後レジームからの脱却というイデオロギー（なぜイデオロギーかといえば、それが戦後史の読み替えであり、戦後的な価値観を否定する思想だからだ）によって、安倍内閣は、何を変え、どこに行こうとしているのか。

そういった目的地がイメージできないままに、安倍内閣がしたこと、しようとしていることは、ひとつには憲法を解釈変更して空文化するという立憲主義の否定であり、国家秘密保護法によるデモクラシーの制限であり、道徳教育の復活である。

「はっきり言って恥ずかしい憲法」という言葉を吐く総理大臣によって組閣された第二次安倍政権は、その内閣自体が誕生する背景にあった戦後民主主義を自ら否定し、ひたすら権力範囲を拡大しようとしているという意味で、戦後稀に見るグロテスクな内閣だと思う。

卵が先か、鶏が先かは不明だが、在特会（在日特権を許さない市民の会）のような差別主義的な運動が一定の力を持つことと、かれらとの関係が取り沙汰されている閣僚を抱える内閣が生まれたこととの間には関係がないとは言えない。

ネットナショナリズムの台頭

戦後七十年にわたって続けてきた対米従属下の平和主義という擬制は、戦後レジームからの脱却を謳《うた》う内閣のもとで、これまでの保守主義とは異なるナショナリズムを生み出すことになった。ネット上には、「反日」「売国奴」といった戦時下の思想統制下にしか用いられなかった剣呑《けんのん》な言葉が、いとも軽やかに飛び交っている。

いちいち書名を上げないが、韓国や中国を貶める文言が並び、日本がどれほど素晴らしい国であるかを自慢する本まで登場している。

こういった嫌中、嫌韓本が書店の目立つ棚に並べられており、電車の中吊り広告には週刊誌の中国、韓国に対する差別的な記事タイトルが並んでいる。

「反日〇〇」「売国奴」といった扇情的な言葉が、大手出版社の出版する週刊誌の見出しになる。

出版社が、性懲りもなく嫌中、嫌韓本を出版するのはそれが売れるからだと言う。つまりは、嫌韓、嫌中は国民の気分の中にも瀰漫《びまん》してきていると、出版人は思っているのだ。

これらの本の著者も、在特会のメンバーも自分たちが愛国者であると信じているのだろう。だが、それらは偏狭なナショナリズムの発露であっても、愛国心とはほど遠いと言わなければならない。なぜなら、かれらの愛国が、日本の国益を損ねることはあっても、国際社会のリスペクトを得ることはほとんどないということは、自明であるからだ。事実、海外の新聞や雑誌、研究機関は、現在の安倍政権の持つ排外主義的傾向や、主要閣僚と在特会や、ネオナチグループとの関係が取り沙汰されていることに対して、たびたびその危険性を指摘している。たとえば、二〇一四年十月のガーディアンの記事。

Abe's recent cabinet reshuffle has raised fears that Japan is veering sharply to the right amid rising tensions over history and territorial claims with China and South Korea.
Yamatani, Takaichi and Inada are close allies of Abe and share his revisionist views of Japan's wartime history.（……）
Fifteen of the 19 members of Abe's cabinet belong to Nippon Kaigi, a group launched in 1997 to promote patriotic education and end Japan's "masochistic" view of its wartime campaigns on mainland Asia.
Abe played a prominent role in pressuring the education ministry to remove references to the comfort women from school textbooks.

Monday 13 October 2014

安倍首相の内閣改造によって急激に日本が右傾化し、中国や韓国とのあいだで歴史や領土の問題をめぐる緊張が高まるという懸念が生まれている。

山谷えり子、高市早苗、稲田朋美は安倍首相の側近であり、戦時下の日本に関する歴史修正主義的な見解を共有するものたちである。

安倍改造内閣の閣僚十九人のうち十五人が所属する日本会議は、一九九七年に創立された団体で、愛国教育を推進し、戦時中の日本のアジア大陸での軍事作戦に関する「自虐史観」を終わらせることを目的としている。

安倍首相は、文部科学省が学校教科書から戦時下の性奴隷に関する記述を削除するよう圧力をかける動きの中で、中心的な役割を果たしている。

二〇一四年十月十三日

この間、同様の警告はニューヨークタイムズや、エコノミスト、シュピーゲルあるいは英国国際戦略研究所（IISS）など多数の媒体やシンクタンクから発信されている。

しかし、日本の大手メディアは表立ってこの問題を取り上げようとはしない。上記のガーディアンの記事の元になっているのは、二〇一四年九月二十五日に行われた外国特派員協会の記者会見である。わたしは、その全体をネット配信された映像で観たが、記者たちの質問はほとんど、山谷えり子国家公安委員長兼、拉致問題担当大臣が在日韓国・朝鮮人の排斥を主張する「在特会」の幹部だった男性と記念撮影をしていたことについての見解を求めるものであった。

この席で、山谷は、在特会との関係について詰め寄る外国人記者に対して正面から説明することはなく、一般論を述べてお茶を濁した。

外国人記者にとって、この問題は贈収賄や政治的失言とは位相の異なる、民主主義の根幹にかかわる歴史問題として意識されており、山谷の答え方、つまりは一般的な差別批判を述べてやり過ごそうとする態度に、外国人記者たちは、政治的不誠実を感じとったのではないか。それが、翌日以降に配信されたそれぞれの媒体での厳しい口調になって顕れたのだろう。

ところが、外国人記者が、なぜ、この問題を大きく取り上げるのかということに関して、多くの日本人は知らされていないか（日本の大手メディアはこのときの会見に関して沈黙した）、あるいは知っていたとしてもこの問題の重要性を理解できていないということに、わたしはうすら寒いものを感じる。

その日の夜のNHKの報道番組の中では、記者会見中、NHKの記者による北朝鮮による拉致問題の進展に関する質問と、それに対する山谷のコメントだけを報じていた。

この日本のメディアの姿勢と、海外のメディアとの落差が、いずれ日本を孤立化させるという惧《おそ》れを感じているのはわたしだけではないだろう。

ドイツと日本の戦後処理

戦後七十年もすれば、ナショナリズムというものがどのように国民に蔓延《まんえん》し、それがファシズムに代わり、国民の犠牲や国土の蕩尽《とうじん》を伴う戦争に突き進んでいったのかということについて、経験知として語れるものはいなくなる。ヨーロッパ、とくにドイツにおいては、ナチズムの台頭がいつかは忘却され、再び同じような悲劇が繰り返されることのないように、様々な装置があり、社会的教育がなされてきた。たとえば、ドイツでは中学校くらいのときにナチス時代のことを集中的に学ぶ機会を作り、なぜ当時、最も民主的で理想主義的だったワイマール憲法下でナチスが台頭してしまったのか、という政治プロセスや、アウシュヴィッツなど強制収容所の実態について学習する。ドイツ抵抗記念館では、ナチス抵抗者の資料が展示されている。全てのナチス的なものを排除することで「忌まわしき自分たちの過去を克服する」ことを国民的な課題としてきたわけで、そういったフィクションを国民的に構築することで戦後のドイツを再建してきたわけである。

これに対して日本では、敗戦後の日本を立て直すという作業を自ら引き受けようとすることはしなかった。一億総懺悔という背景の下で、戦後民主主義の理念も、平和憲法も、ＧＨＱによって植えつけられ、負けたのだから仕方がないというかたちで、これらを受け入れた。

どちらが正しいという問題ではない。

ドイツは、全ての国民の手が汚れていることと、どうしたら国民が戦後の国際社会の中で生きていけるのかという困難を「ナチスの切り離し」というアクロバシーによって切り抜けたということがよく言われる。全ての罪をナチスに押し付けて、それを支持した国民を免罪したということである。

「ひとり殺せば犯罪者、千人殺せば英雄」という言葉がある。戦争において殺人は、国益を増す愛国的な行為であるとみなされるということに対する皮肉だが、戦争というものが超法規的な権力によって遂行される以上、それまでの国内法は棚上げされる。それでも、戦勝国によって軍事裁判（東京裁判やニュルンベルク裁判）が行われ、戦犯が指定され裁かれる。この軍事裁判は、その判事以上の審判者によって公正さを担保されるものではない。戦争というものが、紛争の最終的な解決手段であり、開戦宣告と当事者同士が了解するルールによって行われ、その決着が軍事裁判である以上、戦争当事国が開戦前に了解済みであることを前提としている。戦争に負けるとは、この裁く側と裁かれる側の非対称を受け入れるということであり、公正な審判を求めるということではない。

日本国憲法にある「日本国民は、正義と秩序を基調とする国際平和を誠実に希求し、国権の発動たる戦争と、武力による威嚇《いかく》又は武力の行使は、国際紛争を解決する手段としては、永久にこれを放棄する」（傍点筆者）とはまさに、単に武力の行使を放棄するということを謳っているのではなく、戦争という紛争解決手段そのものを否定していると読むことができる。わたしは、そのように読みたいと思う。

日本は、戦争に負けた。わたしは、日本が戦争に負けたということを認め、そこからどのようにして国を再建してゆくのかを引き受ける大人がどれだけ日本に存在したのだろうかと思う。

ドイツの戦後処理に関しては、これが政治的詐術ではないのか、政治的解決に過ぎないのではないのかという批判があるかもしれないが、少なくとも戦後、ドイツ国民がどうしたら国家を再建していけるのかについて考えた大人がいたことだけは確かなように思える。それはたとえば、一九八五年の有名なヴァイツゼッカー演説「荒れ野の40年」の中にもうかがい知ることができる。

ヴァイツゼッカーは、ドイツ終戦四十周年記念式典において演説を行った。まず、戦争で犠牲者となった、ユダヤ人、ソ連人、ポーランド人、ジプシー、同性愛者、精神病患者、各国のレジスタンス、共産主義者に対して「思いをはせる」ということを繰り返す。つぎに被害者の悲嘆の山並みを「心に刻み」「思い浮かべる」ことを促した。さらには、この戦争で最大の重荷を負ったのは各民族の女性たちであったことを確認する。そうした戦争の被害者に思いを致すことを述べた後で、ナチスの民族的憎悪について述べ、その加担者であったドイツ人について述べ、ドイツ人たちが何をすべきかについて語り始めた。そのエッセンスともいうべき部分を引用したいと思う。

ドイツ人であるというだけの理由で、彼らが悔い改めの時に着る荒布の質素な服を身にまとうのを期待することは、感情をもった人間にできることではありません。しかしながら先人は彼らに容易ならざる遺産を残したのであります。

罪の有無、老幼いずれを問わず、われわれ全員が過去を引き受けねばなりません。全員が過去からの帰結に関り合っており、過去に対する責任を負わされているのであります。心に刻みつづける《エアインネルン》ことがなぜかくも重要であるかを理解するため、老幼たがいに助け合わねばなりません。また助け合えるのであります。

問題は過去を克服することではありません。さようなことができるわけはありません。後になって過去を変えたり、起こらなかったことにするわけにはまいりません。しかし過去に目を閉ざす者は結局のところ現在にも盲目となります。非人間的な行為を心に刻もうとしない者は、またそうした危険に陥りやすいのです。

ヒトラーはいつも、偏見と敵意と憎悪とをかきたてつづけることに腐心しておりました。若い人たちにお願いしたい。他の人びとに対する敵意や憎悪に駆り立てられることのないようにしていただきたい。ロシア人やアメリカ人、ユダヤ人やトルコ人、オールタナティヴを唱える人びとや保守主義者、黒人や白人これらの人たちに対する敵意や憎悪に駆り立てられることのないようにしていただきたい。若い人たちは、たがいに敵対するのではなく、たがいに手をとり合って生きていくことを学んでいただきたい。

(『荒れ野の40年――ヴァイツゼッカー大統領ドイツ終戦40周年記念演説』〔岩波ブックレット〕、一九八六　より抜粋、翻訳永井清彦)

このヴァイツゼッカーの言葉を、偽善であり、きれいごとだと言うものもあるだろう。たしかに、この大統領が述べていることは、理想的な道徳家の言葉のような響きがある。しかし、わたしには、この演説が、ドイツが戦後全ての責任をナチスに押し付けて国民を免罪したことを知ったうえで、それをもう一度国民全体で確認し、自分たちの過誤を引き受けなければならないという決意表明のように聞こえる。少なくとも、そこにひとりの政治家として、戦後の擬制に実を吹き込むためにドイツ人が何をしなければならないのかということを、自国民の先頭に立って、未来に向けて宣言しているように思えるのである。わたしは、ここにひとりの大人としての政治家の覚悟を見る。

もうひとつ別の言葉を引用しておこう。ドイツと同じ、敗戦国の指導者が著した本の一節である。かれは、それまでの指導者が表現してきた歴史に対する反省や、自分の国が行ってきた過誤に対する省察が、しばしば自虐的な歴史観に基づいたものであることを表明してきた。以下の文章が、何を言わんとしているのか、この言葉の含意は何なのかを、考えながらお読みいただきたい。あまり、楽しい気持ちにはならないかもしれないが、それが今の自分たちの国の代表の言葉であることだけは正視しなければならない。

国家、すなわちネーションとは、ラテン語の「ナツィオ」が語源だ。中世のヨーロッパでは、あちこちからイタリアのボローニャにある大学に学生が集まってきた。大学の共通語はラテン語だが、同郷の仲間とつどうときは、自分たちの国の言葉で話した。そして酒を酌み交わしたり、歌を歌ったりしながら、故郷をなつかしんだ。どこで生まれ、どこで育ったのか、同じ民族でその出自を確認しあうのだ。その会合を「ナツィオ」とよんだのである。

では、自分たちが生まれ育った郷土に対するそうした素朴な愛着は、どこから生まれるのだろうか。少し考えると、そうした感情とは、郷土が帰属している国の歴史や伝統、そして文化に接触しながらはぐくまれてきたことが分かる。

とすれば、自分の帰属する場所とは、自らの国をおいてほかにはない。自らが帰属する国が紡いできた歴史や伝統、また文化に誇りをもちたいと思うのは、だれがなんといおうと、本来、ごく自然の感情なのである。

（改題：初出「月刊Journalism」二〇一四年十月号所収の論文を加筆修正）

16 何かのためではない教育

教育とは何か

アメリカ大陸の東海岸から西海岸まで、スモールタウンだけを選んで横断した駒沢敏器は、テキサス州のアンソンに暮らすカウボーイと話しているとき、こんな言葉と巡り逢う。Something for Nothing.（『語るに足る、ささやかな人生――アメリカの小さな町で』）

日本語にすれば「何かのためではない、大切なこと」。駒沢が出会ったカウボーイは、多くの最近の若者がそうであるような効率的なピックアップトラックを使わずに、馬を使って自分の牧草地まで毎日通っている。旧来通りの作法を守り続けているわけである。かれにとっては不便な馬を操ることは、自分にとってはSomethingなのであり、それは何かのためではない大切なことだと言うのである。

教育について考えるとき、わたしにはいつもこの言葉「何かのためではない、大切なこと」が浮かんでくる。教育は、職業訓練や企業研修とは似て非なるものである。後者が明確な目的を定めて、その目的を達成するための技術や知識を、最も効率的に習得することに力点が置かれるとすれば、教育の本質にはそもそも明確な目的がない。教育はそれ自体が「何か」なのであって、「何か」のために学ぶのではないのだ。場合によっては、学ぶという行為、経験の中ではじめて目的が見えてくる。学んでいる当の本人にとっては、自分が学んでいることが何であるかが事前に分かっているわけではない。もちろん、歴史的事実、統計数字、数式といったものを覚えることも教育の効果であり、目的のひとつではあるかもしれない。しかし、それらの知識を積むことで、自分自身が変化してしまうのであり、変化した自分は、学ぶという経験が何であったのかを事後的に知ることができるだけである。ある場合には、自分が何を学んだかが分かるまでに数十年を要することもある。

学ぶとは、そのような経験であり、教室はそのような経験が日々蓄積されている場なのだと思う。

江戸時代前期、在野の儒学者である伊藤仁斎は京都に、私塾古義堂を開いた。武士だけではなく、商人、町人など数千人が列をなす盛況だったという。小林秀雄が語ったところによれば、遊興の限りを尽くした旦那衆が、学問はそのどれよりも面白いといってのめり込む姿があったという。旦那衆にとって、俗に言う「のむ・打つ・買う」よりも、学問が面白かったのは、学べば学ぶほど自分が何を知らないかが分かってくるからだろう。

わたしは、学びというものの面白さは、ここにあると考える。つまり、それは学んでみなければ分からず、学べば学ぶほど自分が知らないことが増えていくような経験だということである。学ぶとは知的な経験であり、知的であるとは自分が何を知っているかということよりも、自分が何を知らないかについて配慮するということである。学ばなければ、自分が何を知らないかが分からないのだ。真剣に学んだものは、このことを経験的に了解していただけると思う。

言うまでもなく、学校とは知性に関与する場である。知性が社会に対して、直接的に為し得ることは限られている。知性には即効性はないかもしれない。しかし、知性なしに、社会の規範も、常識も、倫理も生まれない。教育の理想とは、上記の経験を通じて良き市民を輩出することだと言えよう。

人間が、人間的でいられるために、社会がより良き社会であるためには、良き市民が必要だからである。

抽象的な理想だが、教育はわれわれの社会が、少しでも前進してゆくために社会に埋め込まれた制度であり、その歴史は国家の歴史よりも、企業の歴史よりも長いのである。このことは、国家のための教育、企業のための教育というものがあるとしても、それらが矮小化された教育の利用形態であるに過ぎないということを物語っている。

高等教育のそもそもの起源をたどれば、おそらくは紀元前の宗教施設内での教育に行き着くだろう。西欧近代の大学の起源についても、十一世紀に自由都市国家のボローニャに市民たちによって開設されたボローニャ大学まで遡《さかのぼ》ることができる。

大学の自治、学問の自由が強調される理由のひとつは、この高等教育の驚くほど長い歴史であり、大学が国家目標や、他の功利的な目的とは次元を異にする、もっとずっと長いスパンの中で継続し、継承されてきた制度資本だということを、絶えず思い起こす必要があるだろう。

前のめりなグローバル教育改革

周知のごとく、ここ数年、大学におけるグローバル教育の要が叫ばれてきた。

文部科学省のホームページを見ると、そこには大学教育改革支援の一環としてスーパーグローバル大学事業が謳われており、「若い世代の「内向き志向」を克服し、国際的な産業競争力の向上や国と国の絆の強化を基盤として、グローバルな舞台に積極的に挑戦し活躍できる人材の育成を図るべく、大学教育のグローバル化を目的とした体制整備を推進する」という文言が付されている。

また、平成二十六年四月に開催した「経済社会の発展を牽引するグローバル人材育成支援及び大学の世界展開力強化事業合同プログラム委員会」について、「経済社会の発展に資することを目的に、グローバルな舞台に積極的に挑戦し活躍できる人材の育成を図るため、学生のグローバル対応力を強化する教育体制の整備を支援する「経済社会の発展を牽引するグローバル人材育成支援」や、大学教育のグローバル展開力の強化を図るため、高等教育の質保証を伴った日本人学生の海外留学と外国人学生の受入れを推進する国際教育連携の取組を支援する「大学の世界展開力強化事業」を実施」するとある。

この文章を読んでめまいを覚えるのは、わたしだけだろうか。ひとつのセンテンスの中に、グローバルと言う言葉が四回も出てくる。そうであるにもかかわらず、グローバル教育とは何を意味し、グローバル人材とはいかなる人材なのかについての省察はここにはない。

そこにあるのは、グローバル教育とは、世界のグローバル化に対応するためのグローバルな人材を育成するためのものだというトートロジーだけである。

もし、大学という場所が、普遍的な真理を追究する場であるとするならば、本来的に大学は超国家的な存在であったはずである。グローバルという言葉を、超国家的という意味で用いるのならば、大学とはもともとグローバルな存在でしかあり得ない。

もちろん、それぞれの大学が他国の大学と知的な交流を行うためには、語学や、生活習慣の違いといった壁はある。しかし、その壁は誰でも努力によって突き破ることができる可能性が開かれており、関税障壁や、特許によって隔てられているようなものではない。その意味では、学問そのものには国境は存在しない。

もし、文部科学省が、企業の要請や、国家の要請によって、大学という教育機関をある方向へ向けて再定義しようとするならば、そこにどれほど「グローバル」という言葉が差し挟まれていようが、それはむしろ大学を、ナショナルな要請にこたえるべく偏狭な存在へと改鋳《かいちゅう》してしまうことにならないか。

大学に対する、かくも激しいグローバル化の要請は、実のところ大学それ自体に内在しているものではなく、産業界からの要請であることは明確であるように思える。産業界とはいっても、産業界の全てではなく、国際取引を必要とする大企業、多国籍企業が、それぞれの会社の産業戦士予備軍の育成を、大学に担わせたいということではないのか。つまり、本来は企業が行うべき企業教育を、大学という場に「外部化」したいという欲求の具現化に、文部科学省が手を貸しているということになる。

グローバル構想の中に、「内向き」であることを非難する言葉がある。「若い世代の「内向き志向」を克服し、国際的な産業競争力の向上や国と国の絆の強化を基盤として、グローバルな舞台に積極的に挑戦し活躍できる人材」とは、そもそもいかなる人材なのか。時代を画するようなイノベーションや、証明や、芸術的創造が、「内向き」としか言えないような孤独な営為の中から生まれた例は枚挙にいとまがない。いや、ほとんどの成果は内向的な作業の中からしか生まれてこない。「ポアンカレ予想」を解決したペレリマンしかり、『失われた時を求めて』を書いたプルーストしかりである。教育の成果は時に、若者を内向きな孤独な作業へと赴かせる。正確に言うならば、内向きとか、外向きとかいうことは、教育とは何の関係もないし、グローバルな舞台で活躍できるか否かということにも関係がない。

スーパーグローバル大学構想が、その成果として期待しているのは、所謂《いわゆる》国際化ビジネスマンの養成ということなのか。大学の歴史は、国家の歴史よりも古いと書いた。株式会社の歴史は、国家の歴史よりももっと新しい。現在が、株式会社全盛の、法人資本主義という時代であるがゆえに、株式会社の発言力が増すのは必然だろう。しかし、株式会社の持っている価値観、つまり最短時間で、最小コストで、最大利益を確保するという効率主義から生み出されてきた価値観が、株式会社よりもずっと長い大学の価値観と一致することはあり得ないだろう。場合によっては、現在の法人資本主義の価値観が世界に瀰漫していること、それ自体を大学は研究の対象にする。研究の対象にするということは、それを批判的に検証するということも含まれるだろう。

もし、現在の大学改革を推し進めて行く方向が加速され、大学がグローバル企業のためのグローバル人材育成の場となり、ビジネスのロジックから見れば即効性のない、無益な、文学や哲学、さらには人類学や、歴史学といった学問分野を軽視するような風潮が強まれば、大学の有している文化資本は徹底的に痛めつけられることになるだろう。いや、それだけではなく、グローバル企業にとっても、それが生き延びて行くために必要な知性や、イノベーションのために必要な闊達《かったつ》な知性というものまでも、枯渇させてしまうことになりかねない。

わたしは、必ずしも、大学をよりグローバルな開かれた場にする努力に対して異を唱えたいわけではない。それ自体は悪いことではないだろう。ただ、現在進められているグローバル構想なるものが、大学の本質から乖離《かいり》した前のめりなものになっていることに、危惧を覚えるのである。

人々の共感を呼んだ大学総長のメッセージ

二〇一二年三月二十四日、わたしは自分が教鞭をとっている立教大学大学院の卒業式の場にいた。そこで聴いた立教大学総長吉岡知哉のメッセージには、大学がどうあるべきかについての重要な知見が含まれていた。わたしは、すぐさまソーシャルメディアを使って、吉岡総長の言葉をツイートした。すると、またたくまに、それが広まり、リツイート（わたしのツイートを、再度ツイートすること）の数は数百に及んだ。

それだけ、このメッセージが多くの人々の共感を呼んだということだろう。

吉岡メッセージとはどんなものだったのか。このメッセージが発せられた二〇一一年度は、東日本大震災のあった年度であり、その総括的な意味が内包されていたことに留意して今一度、このメッセージの意味を考えてみたいと思う。

メッセージは、震災に対して専門家が果たした役割についての話からはじまっている。

> 東日本大震災が崩したのは、日常世界の物質的基盤だけではありません。深刻なのは、水や食料から社会制度まで、日常世界を構成しているさまざまな要素に対する「信用」が失われてしまったことです。（中略）
>
> 高度な研究を行っている専門家や、著名な大学の出身者である政治家への不信が広がる中で、大学という研究・教育機関への信頼が失墜していったのは不思議ではありません。

いま私たちは、大学の存在根拠自体が問われていることに自覚的であらねばならないのです。

未曾有の惨事とそれに続く出来事の中で、大学人はほとんど指南力を発揮できなかった。それだけではなく、むしろ「専門家」の発言が混乱を助長した。そのことがわたしたちに突き付けている問題は、大学という教育機関の存在根拠そのものであるというラディカルな認識が語られている。この年、多くの学長挨拶が、大学のグローバル化への対応が急務であるといった内容が目立ったことを見れば、吉岡メッセージは際立っていた。大学がいかなる存在であるべきかについての、本質的な問いを含むメッセージだったからである。

吉岡は卒業生に向かって、大学の存在根拠とは何かについての説明をした。大学とは考えるところであり、社会が大学の存在を認めてきたのは、大学が物事を徹底的に考えるところだったからだという認識を述べた後に、このメッセージの白眉ともいえる驚くべき知見が語られた。

しかしさらに考えてみると、大学への不信はもっと以前から存在していたのではないかと思われます。ある時期から、もはや大学には「考える」という役割が期待されなくなったのではないか。

社会が大学に求めるものが、「考える」ことよりもすぐに役立つスキルや技術に特化してきたことはそれを示しているのではないでしょうか。大学について語る場合の語彙《ごい》も、「人材」、「質保証」、「ＰＤＣＡサイクル」など、もっぱら社会工学的な概念に変わってきています。

近年、大学の危機が論じられることが多くなりましたが、その際問題になるのは、「グローバル化」と「ユニバーサル化」です。しかし、人間社会が大学に、考える場所であることを期待しなくなっているのであれば、そのことのほうがずっと深刻な危機ではないでしょうか。

また、このような変化の背景に、そもそも「考える」ことの社会的意味を否定するような気分が醸成されてはいないか、という点にも注意しなければなりません。反知性主義が力を得るための条件は東日本大震災以後いっそう強まってきていると思われるからです。

（中略）

さて、これまで述べてきたことからもお分かりのように、「考える」という営みは既存の社会が認める価値の前提や枠組み自体を疑うという点において、本質的に反時代的・反社会的な行為です。

皆さんの中には、これから社会に出ていく人も、大学院生として後期課程に進む人も、また、大学や研究所で研究者としての歩みを続ける人もおられることでしょう。社会人として働きながら本学に通い、これから次のステージを目指している人もたくさんいるに違いありません。

皆さんがどのような途に進まれるにしても、ひとつ確実なことがあります。

それは皆さんが、「徹底的に考える」という営為において、自分が社会的な「異物」であることを選び取った存在だということです。

どうか、「徹底的に考える」という営みをこれからも続けてください。そして、同時代との齟齬《そご》を大切にしてください。

吉岡が総長を務める立教大学の「グローバル化構想」は、平成二十六年度「スーパーグローバル大学創成支援」に採択されている。上記の総長メッセージと、同大学のグローバル化構想がどのような整合性を持っているのかは、検証されなければならないだろう。わたしは、経営主体としての大学が、教育や研究の本質と、社会の要請の間で、時に妥協しなければならないことがあることも理解しているつもりである。

それでも、大学総長が上記のようなメッセージを発信したということは、意味のあることだと思う。

大学の使命が研究と教育にあり、教育の本質は、必ずしも社会の短期的要請とは相いれないものであることを、大学人は肝に銘じておくべきだろう。

大学は、本質を追求する場であり、本質的なものは、常にラディカルなものだからである。

（改題：「大学時報」一般社団法人日本私立大学連盟刊、二〇一五年三月号に発表した文章を加筆修正）

17 〈法〉と〈信頼〉

〈法〉が〈法〉であるための条件

政治的なトピックは、本書の主題から離れることになるかもしれない。それでも、ここでは少し政治的な分野に踏み込んでみたいと思う。このたびの、安全保障関連法案に関しては、単に政治的イシュー以上に重要な事柄が隠されていると思う。それは、本書で、これまで縷々《るる》語ってきたことと密接な関係がある。

わたしたちの世界は、商品交換や、政治過程や、生活といった目に見えるかたちで、繰り広げられているが、それらを支えているのは目に見えない信頼とか、信用というものである。

市場において、交換が公正に行われているという信頼がなければ、そもそも貨幣と商品を交換する行為自体が成立しない。貨幣もまた、それが価値の担い手であるという貨幣に対する信用がなければ、ただの紙切れでしかない。

わたしたちの暮らしている世界、つまり目に見える世界が、ひとつの秩序として成立するためには、目に見えない価値による加担が必要なのである。

このたびの安全保障関連法案について、その内容に関してはひとまず措こう。ただ、その制定プロセスにおいて、憲法の解釈を、一握りの人間たちが変更してしまったことは、看過することができない。それが〈法〉に対する根本的な信頼を損ねることに繋がるからである。

このたびの法案に関しては、ほとんどの憲法学者が憲法違反である旨を表明している。日本国憲法を素直に読めば、集団的自衛権の行使が、憲法の精神に反していることは明らかだろう。屁理屈を捏《こ》ねない限り、憲法をどう読もうとも、海外での自衛隊の武器使用を認めているという結論を導き出すことは不可能である。

第九条　日本国民は、正義と秩序を基調とする国際平和を誠実に希求し、国権の発動たる戦争と、武力による威嚇又は武力の行使は、国際紛争を解決する手段としては、永久にこれを放棄する。

第二項　前項の目的を達するため、陸海空軍その他の戦力は、これを保持しない。国の交戦権は、これを認めない。

〈法〉の精神というものがあるとして、この条文の精神は、国際紛争解決の手段として、武力による解決を放棄し、平和主義をつらぬこうとする決意にあるといわなければならない。しかし、安倍政権は、憲法解釈を従来のものから変更してまでも、集団的自衛権の行使を行えるようにしたいと考えている。集団的自衛権とは、他国のために軍事力を使用するということである。それこそ、憲法が禁じていることだ。従来の解釈というよりは、憲法の精神を素直に読みとれば、その精神を廃棄して、武力の行使によって紛争の拡大を防止するというものである。

その正当化の理屈は、つまるところ二つしかない。

ひとつは、世界の安全保障環境が変化しており、従来の憲法解釈のままでは現実の安全保障上のリスクに対応できないというもの。しかし、だから憲法を改正するというのなら筋は通るが、解釈を変更するというのでは、法治主義の根幹が揺らぐ。

もうひとつの理由は、同盟国（いや宗主国と呼ぶべきか）のアメリカが、アジア海域における軍事力の肩代わりを要請しており、これまでアメリカの軍事力のお蔭で平和を享受してきた日本は、それを断ることができないという事情である。だからこそ、安倍首相はアメリカ両院議会での演説で、この法案の成立を約束してしまったわけである。

本来的にはアメリカの国内事情による軍事費削減の肩代わりを、日本にやらせることは、明らかにアメリカの国益に資する話ではある。

しかし、それが日本の国益にかなうのかといわれれば、経済的にはもちろんだが、安全保障の観点からも大いに疑問である。戦後、切れ目なく、海外で戦争を続けてきたアメリカと同一行動をとれば、日本がアメリカの敵国から敵視されることは当然であり、テロの脅威も高まることになる。

経済的、軍事的な意味での国益の損得勘定に関しては、素人には判断できないというのであれば、それぞれの専門家によって詳細に検討してほしいところだ。

ところで、このたびの解釈改憲によって確実に損なわれることがもうひとつある。それは、〈法〉に対する信用、あるいは信頼性というものが、この無理筋の法案によって根底的に損なわれるということである。

憲法は日本国民を主権者とする〈法〉であり、そうである限りにおいて、政治家によってその抜け道を探すような行為そのものは、あらかじめ排除されている。だからこそ、天皇陛下も、国会議員も、裁判官も、憲法を尊重し擁護することを定めた九十九条がある。過去に、「みっともない憲法ですよ、はっきり言って」と語った安倍首相は、憲法に対する侮蔑を隠そうとはしていない。にもかかわらず、自ら侮蔑を公言するような憲法に従って、憲法に抵触する可能性のある法案の合憲性を主張しなければならないというジレンマに陥っている。

〈法〉が〈法〉としてその効力を有するための最も重要な条件とは、〈法〉に対する信頼であり、〈法の精神〉に対する敬意である。その意味では、〈法〉は貨幣に似ている。貨幣が貨幣として流通する理由は、それが流通しているという事実でしかない。貨幣に対する信頼が揺らげば、貨幣はたちまち紙くずに変じる。同様に、〈法〉に対する信頼が揺らげば、それはたちまち空文になり、〈法〉の効力を失う。

わたしたちの社会の秩序を担保しているのは、まさに〈法〉が公正さの基準であるという〈法〉に対する信用である。これは、貨幣価値が急激に変化しないだろうという貨幣の価値の継続性に対する信用や、商取引が公正に行われるという市場に対する信用が経済の秩序を保っているのと同じである。もし、わたしたちの社会の、こうした秩序を担保する信用が毀損《きそん》されたらどうなるのか。わたしたちは、信じられるのは自分だけであり、自分の生命も財産も自分で守らなければならないと思うようになるだろう。確かにそれは無秩序な社会や戦場においてはリアルな現実であるかもしれないが、人間性が剝奪された現実である。

小文字の問題

本書の冒頭で、わたしは、政治や経済といった「大文字の問題」ではなく、日常の中で積み重ねられた見過ごされそうな出来事や、思考の断片といった「小文字の世界」について考えるために本書を執筆したのだと書いた。

この章で、ここまで書いてきたことは、政治とか安全保障といった大文字の問題である。もちろん、それは重要な問題であり、少なからずわたしたちの生活に直結してくる問題である。しかし、わたしは、そういった大文字の問題を考えるときであっても、つねに小文字の問題、つまりわたしたちの日々の生活の中で繰り返し反復され、積み重ねられている日常的な出来事に対する立ち位置を離れたところから放たれた言葉は、信ずるに足らないと考えている。

たとえば、民族差別の問題を考えるためには、自分の生活圏の中に必ず存在しているだろう不愉快な隣人の問題に対して、自分が日ごろどのようにふるまっているのかということを抜きにした言葉は指南力をあらかじめ喪失していると思う。

民主主義の問題を考えるためには、自分の家族や、会社といった自分が属する共同体の中で、自分が日ごろどのような価値基準で思考しているのかを抜きにしては語ることができない。

言葉ではひとは何とでも言える。たとえ、自分の口から出る言葉を信ずることができなくとも、ひとは自らの政治上の「信念」を語ることができる。

誰もが、自分というものを勘定に入れないところでは、正義を語ることができるし、悪徳を称賛することさえも可能なのである。

大文字の世界、つまり政治や経済の世界は、結果が何よりも重視される世界であり、そのプロセスにおいては、嘘もあれば二枚舌も許される場合があるだろう。異なる政治信条を持つ政治家同士の話し合いは、お互いの腹の探り合いであり、時に名を捨てて実をとる妥協も必要になる。

しかし、小文字の世界での価値観とは、常に自分を勘定に入れなければ成り立たない価値観である。

自分を勘定に入れた途端に、あらゆる擬制や欺瞞は通用しなくなる。なぜなら、それらが嘘であることを自分はよく知っているからである。

〈法〉は、大文字の世界に属する問題であり、擬制である。人間は、独裁者や無頼者によって秩序が蹂躙されてきた苦い経験の中から、擬制としての〈法〉を作り上げてきた。法治主義とはまさに、人治主義、裁量政治のリスクを最小化するための犠牲としての歯止めである。つまり、法治主義もまたフィクションに過ぎないということであり、このフィクションが現実の中で有効に機能するためには、このフィクションを信任するフルメンバーによる支持が必要なのである。つまり、〈法〉が〈法〉として成り立つためには、〈法〉を〈法〉として信頼する小文字の世界が必要なのだ。

この〈法〉に対する信頼は、わたしたち、市井に暮らすものが属している共同体に対する信頼であり、自分と同じように、他者もまた〈法〉に対する信頼を共有しているという、共同体の他のメンバーに対する信頼である。

信頼はかたちを持たず、目にも見えない、あいまいなものである。

しかし、誰も自分の信頼を自分で裏切ることはできない。

それは、自分で自分を裏切ることは原理的にできないということと同じである。

もし、〈法〉など関係ない、自分は自分のやりたいように生きるということであれば、かれにとって〈法〉はただ自らの行動を邪魔する足かせのようなものでしかなくなる。

（改題：「北海道新聞」二〇一五年八月二十一日掲載
「各自核論――解釈改憲が毀損する大切なこと」を大幅に加筆修正）

理屈っぽいあとがき

見えるものと見えないもの

わたしが最初に本を出版したのは、単著としては二〇〇四年のこと。あれからまだ、十年と少ししか経過しておらず、思えばずいぶん遅いデビューでした。

『反戦略的ビジネスのすすめ』（洋泉社）と題されたその本は、今はすでに絶版となっていますが、同じ内容のものが『ビジネスに戦略はいらない』とタイトルを変えて洋泉社の新書になり、これもまた絶版となって、このたびまた別の出版社から出版されることになっています。タイトルもまた変わるはずです。

同じ本が、三度もタイトルを変えて出版されるというのも珍しいことでしょうが、ビジネス書の体裁をとったこの本が、十年以上も細々と読み継がれてきていることに、作者としては望外の幸せを感じています。

もともと、会社を興して、経営者としての道を歩んでいたわたしにとって、自著を出版することは頭になかったのです。最初にオファーをいただいたときも、一冊だけ自分の日ごろの思いをかたちにして、それで終わりにしようという気持ちでした。

気が付いてみたら、あれから毎年本を執筆し、共著、単著を合わせれば二十冊以上の本を書くことになっていました。

ただ、わたしの書くことの中心には、いつでも最初の本に書いたことと同じ成分が含まれています。ひとことでいえば、見えるものの背後には、見えるものを支えている、見えないものがあるということです。これだけでは、何のことかお分かりにならないかもしれませんが、少し、そのことをご説明申し上げたいと思います。同書においては、わたしはインビジブルアセット＝見えない資産という言葉を使っていたと思います。同書は、ビジネスに関する考察でしたので、こういう言葉を使ったのです。

商品交換の場において、交換されるのは、商品とその対価としてのお金だけではないというのがわたしのアイデアでした。この交換が繰り返されなければ、商品交換は広範な人間活動の中に根付くことはなかったはずです。それが、繰り返し行われるのは、そこに単なる商品交換とは別の、目に見えない信用交換が行われているからではないのか。誠意と、感謝の交換と言い換えてもいいかもしれませんが、こちらの交換は目に見えません。

しかし、あらゆる商品交換の背後で、こういった信用交換が行われ、この信用交換が商品交換を支えているというわけです。わたしは、それを二重の交換と呼びました。

本書もまた、見えるものの背後にある見えないものについて、書いてきたものをまとめたものです（巻末にそんなこと言われても、とおっしゃられるかもしれませんが、もちろんそんなことを知らなくとも慧眼の読者には読み取っていただけるのではないかと思っています）。

通常、見えないものについて書こうとすると、見えないものを見えるようにするという手法が使われる。ビジネスの世界においては、可視化するというタームがよく使われますね。

わたしは、この可視化というビジネススタイルが、可視化ではなく単純化であることにいつも不満を持つのです。

往々にして、それらは物事の関係性を図示して、整理するという手法をとるわけですが、わたしがここで言っている、見えないものとは敵対関係とか、友好関係とかいうような関係性として図式化できるようなものではありません。もっと、別の位相の話なのです。ビジネス的可視化において、可視化されるのは、かたちのない精神的なものだったり、関係性というようなな概念だったりするもので、それを二次元の図で示すことで、見えるようになるというものなのですが、本来三次元の世界の生《なま》ものである見えないものの次元をひとつ繰り下げて、二次元上に投影して見えるようにしているということだろうと思います。

わたしが言う見えないものは、どこまでいっても見えないものです。

見えないことが重要なのです。

そして、見えないが確かにある大切なことを、二次元の図のように縮減することなしに、生きたままで取り出すこと。

こう書きました。

「5　祝福される受難者」のところで、チャップリンの「街の灯」について言及してわたしは

「見えないときに見えていたものが、見えるようになったときには見えなくなっている」

この文章は、わたしの好きな哲学者であるメルロ゠ポンティから示唆されて書いたものだろうと思います。

メルロ゠ポンティは、その難解な絵画論『眼と精神』の中でこんなことを書いています。

人が絵画を見るとき、「物をそれとして見るには、この戯れそのものを見てはならなかったのだ」。

ここでメルロ゠ポンティの言っている「戯れそのもの」とは、光、明るさ、影といった物と空間の戯れのことです。そして、メルロ゠ポンティはこうも言うのです。

「それは〈物〉を見せるためにおのれを隠す」

これは、ひとりの哲学者がおのれの体験としての視覚の現象学についてできる限り正確に記述した言葉だろうと思います。

わたしが言いたいのは、現象学的な知見についてではありません。昔話になりますが、わたしは、このメルロ゠ポンティの言葉に強い衝撃を受け、自分のノートに書き写しました。二十五歳ぐらいのときのことで、今から四十年も前のことです。

そこには、わたしたちが生きている世界、感じている世界についての、秘密が隠されている

ような気がしたのです。

メルロ＝ポンティの言葉から、わたしはこんな空想をしてみたと思います。

わたしたちを取り巻いている世界が、わたしたちが見ているようなものであり、わたしたちが感じているようなものであるためには、わたしたちが通常は見たり感じたりすることができない、名付けようのない重要なものが必要なのかもしれない。

聞きかじりのゲシュタルト心理学のテキストを開くと、そこには、図が図として把握できるためには、地が必要であり、ときに、図と地は反転して全く異なる図柄が浮かび上がることがあると記されていました。

わたしは、このアイデアに興奮を覚えました。この図と地の関係は現象学的な世界だけではなく、わたしたちの生活のあらゆる局面に通底していると考えることができるのではないかと思ったからです。

本書において、大文字の世界と小文字の世界の関係も、ゲシュタルト的な図と地の関係を思い浮かべていただけると分かりやすいのではないかと思います。

わたしは、本書の中で、日常の取るに足らない、小さな出来事を選択的に取り上げました。しかし、それは、小さな出来事に対する偏愛についてだけ書きたかったわけではありません。

常に、大文字の世界、つまりは、政治や経済といった大きな問題を語るときに、日常の小さな出来事を背景にしなければ、それは単なる受験勉強で獲得した知識のような、観念的なものでしかないということです。

政治や経済といった大文字の世界が成立するためには、〈地〉としての日常的な小さな出来事の積み重ねがなければならない。

そういった立ち位置で文章を書く。

そういうことだったのではないかと思います。

そうすると、不思議な感覚が芽生えてきます。つまり、たとえば町歩きや介護といった日常的な出来事について書いているとき、その書くという行為が照準しているのは、大文字の政治や経済ということであり、逆に、政治や経済について書いているときに照準しているのは、実感のある小文字の小さな世界だということなのです。

本書の後半部には、新聞や雑誌に投稿した、大文字の世界に対する記事に手を入れたものを配置しました。

その理由もまた、わたしたちの大文字の現在というものが、小文字の世界を毀損しているということに対するわたしなりの瞋《いか》りをここに書き付けておきたいと思ったからです。

とはいえ、そういった意図が成功しているかどうかは、読者のみなさまに判断していただく他はありません。

初出

1〜13

「こころ」Vol. 7 〜 Vol. 18

14　読書の日々

「日刊ゲンダイ」「路地裏の読書術」二〇一五年五月二十六日〜十一月二十三日

15　国が大人になるということ

「月刊 Journalism」二〇一四年十月号

16　何かのためではない教育

「大学時報」二〇一五年三月号

17　〈法〉と〈信頼〉

「北海道新聞」二〇一五年八月二十一日

※それぞれを大幅に加筆・修正して構成しました。

平川克美（ひらかわ・かつみ）

一九五〇年東京都生まれ。早稲田大学理工学部卒業。渋谷道玄坂に翻訳を主業務とするアーバン・トランスレーションを内田樹らと共に設立、代表取締役となる。現在、株式会社リナックスカフェ代表取締役。立教大学特任教授。著書に『小商いのすすめ――「経済成長」から「縮小均衡」の時代へ』（ミシマ社）、『俺に似たひと』（朝日文庫）、『路地裏人生論』（朝日新聞出版）、『「あまのじゃく」に考える』（三笠書房）、『株式会社という病』（文春文庫）、『経済成長という病』（講談社現代新書）、『移行期的混乱――経済成長神話の終わり』（ちくま文庫）などがある。

何かのためではない、特別なこと
失われた「大人の哲学」を求めて

二〇一六年二月十七日　初版第一刷発行

著者　平川克美
装幀　水戸部功
発行者　西田裕一
発行所　株式会社 平凡社
〒一〇一―〇〇五一
東京都千代田区神田神保町三―二九
電話　〇三―三二三〇―六五八五（編集）
〇三―三二三〇―六五七二（営業）
振替　〇〇一八〇―〇―二九六三九
印刷・製本　シナノ書籍印刷株式会社
DTP　平凡社制作

ISBN978-4-582-83717-9 NDC分類番号914.6
四六判（18.8cm） 総ページ216
平凡社ホームページ http://www.heibonsha.co.jp/